U0137716

菩提树下清荫则是去年

菩提树下清荫
则是去年

谢冕 主编

海峡出版发行集团
海峡书局

目录

002 菩提树下清荫则是去年
　　我所认识的冰心、林徽因、郑敏和舒婷
　　/ 谢　冕

014 冰心的诗

082 林徽因的诗

178 郑敏的诗

254 舒婷的诗

327 福建女诗人传统
　　/ 张延文

菩提树下清荫

则是去年①

我所认识的

冰心、林徽因、郑敏和舒婷

谢冕

一

我常慨叹湖南那地方出将才，这还是往低处说的，其实岂止是将才，甚至是帝王一类的充满"霸气"的大人物。我也常钦佩山东那地方是出好汉的，山东人仗义，所以忠义堂就设在山东了。中国地面大，南北差异也大，大体而言，北方是比较刚性的，南方相对而言是比较柔性的。大漠孤烟，长河落日，是北方的气象；暮春三月，莺飞草长，是南国的风光。也许地域并不能完全决定创作，但地域影响艺术风格的形成却是肯定的，记得旧时读丹纳的《艺术哲学》，他曾论述尼德兰的自然环境是怎样地影响了、奠定了鲁本斯的艺术风格的。

福建地处国之东南，亚热带气候，北部绵延着秀丽的山，东南沿海岛屿耸峙，碧浪白沙，终岁是和风暖阳，冰雪只在一些地面偶尔见到。物产丰盛自不必说了，特异的是这里四季飘浮着花香，这里的温湿气候让女性备受恩泽。福建女子之美是颇负盛名的。我知道郁达夫先生爱美人，而且品味不俗，对女性的美近于挑剔，但他还是用了高级的形容词来赞美福州的女子，记得他不吝笔墨用希腊的美女比拟过榕城的丽人。郁先生的这番赞词也许有来由，但我有点怀疑他的偏爱。但是，严于笔墨的冰心先生也盛赞过家乡的女子。冰心是女性，女性对同性一般都不轻易赞许的，可是，她却为此留下了热情的文字：

> 现在我要写的是"天下之最"的福州的健美的农妇！我在从闽江桥上坐轿子进城的途中，向外看时惊喜地发现满街上来来往往的尽是些健美的农妇！她们皮肤白皙，乌黑的头发上插着上左右刀刃般雪亮的银簪子，穿着青色的衣裤，赤着脚，袖口和裤脚都挽了起来，肩上挑的是菜筐、水桶以及各种各色可以用肩膀挑起来的东西，健步如飞，充分挥洒出解放了的妇女的气派！……在以后的几十年中，我也见到了日本、美国、英国、法国和苏联的农村妇女，能和我故乡的"三条簪"相比，在俊俏上，在勇健上，在打扮上，都差得太远了！②

冰心是福建人，也许难免会"偏心"，但是还有别的作家，男性，非福建人，例如许钦文先生，他也由衷地赞美过福州的女子：

> 无论怎样早，她们的头发总已梳得精光；虽然赤着脚，往往连草鞋都不穿一双，可是她们的裤子，多半由丝织品制成；在冬季寒冷的时候，许多都穿着绸皮袄，样子也是不错的。……挑粪或者卖菜蔬的姑娘，照例梳一条大辫子，墨黑的头发上扎一束红丝线。已经结婚的梳头，总戴些首饰，鲜艳的花朵或者金耳环，也有许多是在手臂上面套一副金镯的。总之，她们是健而美的，并且富有。她们实在是美的，她们利用着现代的物质文明，同时不失原始的情趣，所以也是大大方方的。……福州的农家妇女，他们根本看不起城内的士大夫阶级，以为他们太懒，非有特别的原因是不肯嫁给他们的，因此自成一种社会，始终保持朴素的美德，以劳动为天职而享受富有。③

我的这番"引经据典"并非要做什么考据，而是想从福建女性的美引出福建女诗人的话题。福建秀美的山川风物为福建的女性造福，这大概已是不争的事实。至于福建女子的美丽是否就"甲"于天下了？这是个相当专业的话题，是不好轻易下结论的，我就听说过完全相反的意见。我知道不仅锦绣江南出美女，偏僻的陕北米脂的美女却是天下闻名，中国的某省、某县、某地也都出美女，此事很难定于一尊，尽管一些权威如郁达夫、许钦文和冰心作过判断。这种评美、选美的事很"专业"，暂且搁置不论。况且，大凡诗人或文人都重情感，他们经常言其实，是不必特别认真的。

这里我要转换话题，谈谈与此相关的福建女诗人的问题：福建山川河海秀丽，温湿的气候适宜花果，适宜诗歌，更适宜女性，福建出优秀的女诗人应该是毋庸置疑的。若这一前提能够成立，我的这篇文章就大体也能成立了。

二

我研究中国新诗史，无意中发现福建籍的女诗人在新诗史中的突出而特殊的地位。中国的女性诗人眼下是很多了，但在新诗草创期以及随后的相当长的时间(包括共和国前期)里，女诗人为数寥寥，甚至是凤毛麟角的——一部中国新诗史基本上是由男性书写的。令人感到意外的是，尽管男诗人为数众多，他们一定程度垄断了话语权，可是新诗发展的每一个重要的阶段，总推出女性诗人来概括一个时代。尤为让人感到惊异的是，这些概括了时代精神的代表性女诗人竟然都出自福建！我曾说过，一部中国新诗史是由几位福建籍的女诗人"串"起来的，她们是冰心——林徽因——郑敏——舒婷。四位诗人，分别代表了百年新诗发展的四个重要阶段。

这里首先要说冰心先生，我本人有幸在她的书房倾听过她的谈话，和她亲切地谈论过家乡、写作和童年的记忆。记得一次，她在赠送给我的照片背面题签，认我为"同宗"。冰心是影响了我一生的前辈作家，从《寄小读者》开始，我就是她的忠实的小读者，随后，她的《繁星》《春水》进入了我对于中国诗歌的思考。我说过，早年我不懂鲁迅，却懂得冰心，我领悟她博大的爱心，并使之融入我的心灵，成为我人生的志向和目标。还有她优美高雅的文章风格，我悄悄地学习她的美文，这种学习深刻地影响了我后来的文风。

冰心的写作始于五四新诗的诞生期，她的名字是与新诗早期的缔造者胡适、刘半农、朱自清、郭沫若等大体同时出现的。冰心的诗歌创作始于1919 年[5]，《繁星》《春水》从 1922 年起在《晨报副镌》陆续刊出[6]。冰心的出现是当日诗歌界一道动人的风景，有论者把《繁星》《春水》与鲁迅的小说集《呐喊》的相提并论[7]，甚至有人将当日盛行的小诗体式称为"繁星体"的。尽管冰心本人对自己当时的写作评价不高[8]，但是朱自清在《中国新文学大系诗集》的导言中郑重地记下了冰心的贡献。

冰心的创作的确概括了一个时代，她的创作凸显了那个个性解放、思想独立的时代精神。回顾当年那一场轰轰烈烈的诗歌运动，这一运动致力于解放诗体、破除束缚思想的旧格律，致力于以白话代替文言写诗，从而使自由的思想、鲜活的想象能够进入诗中。在这方面，冰心不仅是最早的实践者之一，而且象征了一个时代。她的小诗创作借鉴了泰戈尔的简洁深邃，也间接受到日本俳句的影响，清新，隽永，明快，简洁，有一种澄澈透明的空灵。尽管她未必有意、但她的确是一位引导潮流的诗人，她的诗歌创作概括了一个伟大时代的自由精神。

林徽因和冰心是同代人，我见过她们两人在美国留学时的合影，但她们的诗风迥然不同。林徽因的创作在新月派中占有重要的位置。这位出身名门的福建才女，她的身世联系着福州名人扎堆的三坊七巷，也联系着一代宗师梁启超的显赫家族，她的传奇般的婚恋经历，更是与民国当年的学术界、建筑界、诗歌界最活跃的人士相联系。她是北京著名的"太太客厅"的女主人，在她的身边聚集了当年中国国内(外[9])最优秀的一批教授、学者、诗人、作家和社会名流，那些她的挚友、爱人和崇拜者，更是众星捧月般地围绕在她的周围，捧着她这一弯清俊的"新月"。在这座北京城内著名的客厅里，他们饮英国式的下午茶，倾听女主人的妙语连珠，谈论文学或诗歌，也许更有哲学和建筑。[10]这是当年北京城内一道美丽的风景。

朱自清曾将新诗第一个十年丰富的实践概括为自由、格律和象征三大诗派。就当日新诗的总体追求而言，要是说冰心代表的是自由诗派，林徽因代表的则是格律诗派。新诗的发轫期，总的倾向是诗体的大解放，胡适有言，唯有诗体的解放，"丰富的材料、精密的观察、高深的理想、复杂的感情，方才能跑到诗里去"[11]，当年的主张甚至认为"要使作诗如作文"。冰心的早期创作就代表了这种无拘束的自由大趋势。而新月派的出现是要为新诗"创格"，其趋势是要以新的格律来约束和节制早期创作过于散漫、清浅的状态。林徽因创作理所当然地代表了一个新的风尚。

三

中国新诗的经历了辉煌的第一个十年的洗礼，开始迎接左翼思潮和战争造成的诗意偏离的考验，道路曲折而艰险。诗歌在跌宕起伏中继续顽强地成长、发展着。二十世纪四十年代，有一个强大的工农兵思潮兴起，战争环境中的昆明，顿时宛若一座诗歌的孤岛。在西南联大校园，在冯至、闻一多、朱自清、燕卜荪等诗歌前辈的带领下，集合着一批年轻的探索者（也是挑战者）。他们中的佼佼者，是后来被称为九叶派的中坚，如穆旦、杜运燮、袁可嘉等，而福建籍的女诗人郑敏自然地成为他们中引人注目的人物。

我读郑敏，是在四十年代后期的《中国新诗》和《大公报》副刊等报刊上，那时我是一个痴迷的诗歌少年，我收集了她的许多诗歌剪报。我非常喜欢郑敏的诗，喜欢她诗中流淌的与当年的流行完全另样的"洋味"（欧化倾向）。那时我不明白，正是以穆旦为代表的这些年轻的西南联大的诗人们，挑起了一副重担，他们要接续五四辉煌十年之后造成的新诗现代化的"断层"，继续并发扬新诗借鉴外来影响的传统。在西南联大，庞德、奥登、艾略特等人的名字高频率地出现，成为这批诗人倾慕和景仰的偶像。这些年轻诗人的创作赓续和光大了当时备受冷落的中国新诗现代主义的传统。

当他们写着成熟的诗歌的时候，我还只是一个爱好诗歌的初中生。但我用艰难积攒的零用钱购买了所能找到的他们的作品，郑敏的名字就这样被我记住了。我知道她在西南联大是学哲学的，后来在美国得过学位。除了写诗，她专攻英美文学并熟谙结构主义和解构主义的理论，当年我对郑敏的景仰近于崇拜。而我认识她则是在时隔三十多年后的北京。朦胧诗事件拉近了我和"九叶"的距离，也拉近了我和郑敏的距离。因为同在高校，我居住的燕园与她居住的清华园仅有一墙之隔，就这样，我们建立了亦师亦友的友谊。来往多了，我指导的博士生，经常"串门"到郑敏先生那边讨教，郑敏曾经开玩笑说，我带了一批你的学生。

在上个世纪八十年代，九叶的诗人除穆旦外都还健在，有时辛笛从上海来京，有时唐湜从温州来京，有时唐祈从兰州来京，他们一般都会在郑敏的清华园聚会。那时交通不方便，没有出租车，只能靠为数很少的公共汽车，而我在畅春园的家就成了他们出发、到达的中间站。这些"叶子"们远道飘飞而来，往往选择在畅春园稍事歇脚，而后前往赴会。一般他们都会邀我同往，所以有很多时候，我就成为他们聚会的"观察员"。这当然是我的荣幸和永远的记忆。

我和郑敏的友谊一直延续到今天，我们时不时地会互通电话。韩作荣主事《人民文学》的时候，每年年末我们都有一个小型的迎春聚会，因而也都有机会拜访清华园，和郑先生一起餐聚、晤谈，听童诗白先生的钢琴。郑先生不仅在写诗和治学方面是我们的榜样，郑先生在健康方面也令我们的羡慕不已，她现在不仅思维清晰、敏捷，而且还能做俯卧撑，简直成仙了。

关于郑先生，我写过一篇《郁金香的拒绝》，是一篇游戏笔墨，写她是如何不让我"偷窥"她院子里的郁金香的，郑先生读了不仅不恼，似乎还默认了！

四

现在该说到舒婷了，以上几位都是我的前辈，舒婷则是晚辈。认识舒婷的诗是在认识舒婷本人之前，就是说，诗在前，人在后。较之北岛、芒克、林莽、江河、杨炼、顾城（这些人当时都住在北京）诸人，认识舒婷要更晚一些，但她的名字早就听说了，我很为家乡出了舒婷而欣喜。《今天》的一些作者，很多是与白洋淀那地方有关联的，至少是与北京有关联的，但舒婷不是。朦胧诗似乎在等待一个"女发言人"，它把目光投向了遥远的福建。

应当感谢蔡其矫先生的慧眼，蔡先生把她的诗抄在本子上，人们通过他的手抄本认识了这位原先是知青、后来是车间女工的南方女子。她的诗从手抄本来到散发着油墨香味的《今天》，再由第一届青春诗会来到诗歌第一刊的《诗刊》，这个过程遥远而迷茫，却客观地印证着中国社会由封闭走向开放的全部的艰难行程。

舒婷的诗有一股被称为"美丽的忧伤"或"忧伤的美丽"的情绪缠绕着，她的诗有南方女性的委婉，而在委婉中充盈着坚韧，人们在她的泪水与血痕的间隙中，发现了久违的个性（当日流行的"自我"）书写，深沉的爱情的呼唤，尊严的女性独立的宣示，使她的诗闪耀着惊人的人性的光辉。

此前，舒婷并不认识朦胧诗的那些朋友们，他们也是通过彼此的阅读而心气相投的。我不知道在第一届青春诗会之前他们是如何相识的，但我知道舒婷并没有参与早期《今天》的活动，是对于诗歌新时代的召唤和对于艺术禁锢的反抗，使他们走到了一起。舒婷于是成为了朦胧诗的标志性诗人，她自己也在这种对于"传统"的质疑中成为一名坚定的挑战者。

在我们前面叙述的三个诗人中，冰心、林徽因和郑敏都受过良好的教育，她们都在国外得过学位，她们是东西方两种文化影响下成长的，但舒婷例外。舒婷如她的同时代人那样，在少年时代就被剥夺了正常教育的机会，而且被无情地放逐到远离家庭的地方。我有幸拜访过她插队的福建上杭太拔山村。一条山涧流过她的门前，山外还是山，家乡厦门在烽烟迷茫的远处。于是她的笔下出现了孤独的站台，站台上一盏孤独的灯，灯光暗淡而摇曳。厄运并不能抹杀才华，苦难可能孕育成功。舒婷与她的三位前辈不同，她拥有了更多的苦难，这是她的不幸，也是她的"有幸"。

五

福建是美丽的，福建的山水孕育了女人和诗歌，于是福建用智慧的女诗人彰显了中国诗歌的历史。四位诗人中，冰心先生是我的"同宗"，是启蒙老师；郑敏先生是"亦师亦友"；舒婷是朋友；我和林徽因先生是交臂而过，我到北大上学的时候，徽因先生刚刚离去不久，但从书刊和传说中，我神往于她的美丽和风采——其实她周围的那些朋友，也都和我工作的北大有着非常亲密的关系。为了纪念这位我心仪、却未能谋面的前辈，这篇文章特意以她的诗句名篇，让我们永远记住："菩提树下清荫则是去年"！

2015 年 3 月 31 日，于北京大学中国诗歌研究院注释：

① 林徽因诗《题剔空菩提叶》中的句子。本文原拟用《你是人间的四月天》为题，因多见，太熟，弃用。

② 冰心著：《故乡的风采》，《福建文学》1990 年第 8 期。

③ 许钦文著：《福州的妇女》，《宇宙风》1938 年 4 月 11 日。

④ 我和冰心的祖籍都是福建长乐，都是长乐的谢姓家族，我和冰心先生"核对"过，我们的堂号都是"宝树堂"，那天，她在赠我的照片背面不假思索地题写"谢冕同宗"四字。

⑤ 冰心《繁星》自序讲："1919 年的冬夜，和弟弟冰仲围炉读泰戈尔的《迷途之鸟》。冰仲对我说：'你不是常说有时思想太零碎了，不容易写成篇段么？其实也可以这样的收集起来。'从那时起，我有时就记下在一个小本子里。1920 年的夏日，二弟冰叔从书堆里，又翻出这小本子来。他重新看了，又写了'繁星'两个字在第一页上。1921 年的秋日，小弟弟冰季，'姐姐！你这些小故事，也可以印在纸上么？'我就写下末一段，将它发表了。"见黄礼孩、陈陟云主编：《新诗九十年序跋选集》，2009 年 1 月，第 42 页。

⑥ 《繁星》刊于《晨报副镌》1922 年 1 月 1、6 日至 26 日，《春水》刊于《晨报副镌》同年 3 月 21 日至 6 月 30 日。当年冰心 21 岁。

⑦ 见苏雪林：《冰心女士的小诗》："五四运动发生的两年间，新文学的园地里，还是一片荒芜，但不久便有了很好的收获。第一是鲁迅的小说集《呐喊》，第二是冰心的小诗。……于是她更一跃而为第一流的女诗人了。"转引自张延文著：《福建女诗人传统》。

⑧ 1933 年冰心在《冰心小说集》的自序中说："谈到零碎的思想要联带着说一说《繁星》和《春水》。这两本'零碎的思想'使我受了无限的冤枉！我吞咽了十年的话，我要倾吐出来了。《繁星》和《春水》不是诗，至少那时的我，不在立意做诗。"引自刘福春著：《寻诗散录》，广西师范大学出版社，2008 年 9 月。

⑨ 例如费正清、费慰梅等。

⑩ 一位朋友在她的书中记下了林徽因的下午茶情景："林徽因的博闻强记令人惊异，无论是济慈、雪莱，还是勃朗宁夫人、叶赛宁、裴多菲、惠特曼……有谁记不住、背不出的诗句，林徽因都能准确无误地出口成章。林徽因很喜欢爱尔兰诗人叶芝的《当你老了》，她用英文朗读那首诗时，在座的陈岱孙、金岳霖曾被感动得泪光闪烁。"陈渝庆著：《多少往事烟雨中》，第 120 页，人民文学出版社，2010 年 1 月。

⑪ 胡适《谈新诗》，《星期评论》双十节纪念号第五张，1919 年。

冰
心
的
诗

冰 心 的 诗

018 繁星（节选）

025 春水（节选）

039 迎神曲

040 病的诗人（一）

042 不忘

043 晚祷（一）

045 不忍

047 十年

048 使命

049 纪事——赠小弟冰季

050 安慰（一）

051 致词

053 解脱

055 惆怅

057 纸船——寄母亲

060 倦旅

062 赴敌

066 相思

067 我再也不能承受这样的温存

069 惊爱如一阵风

070 一句话

071 生命

072 给西红门乡的一位小朋友

074 别踩了这朵花

076 访堀田善卫先生山居并赠

077 小白鸽捎来的信

繁星[①]（节选）

一

繁星闪烁着——
　　深蓝的太空，
　　何曾听得见它们对语？
沉默中，
　　微光里，
　　　它们深深的互相颂赞了。

二

童年呵！
是梦中的真，
　　是真中的梦，
　　是回忆时含泪的微笑。

三

万顷的颤动——
　　深黑的岛边，
　　　月儿上来了。
生之源，
　　死之所！

①　《繁星》最初发表于《晨报副镌》1922年1月1日新文艺栏，1月6日转到诗栏，连载刊登至1月26日，后结集为上海商务印书馆刊行的「文学研究会丛书」之一，1923年1月初版。

四

小弟弟呵！
我灵魂中三颗光明喜乐的星。
温柔的，
　无可言说的，
　　灵魂深处的孩子呵！

五

黑暗，
　怎样的描画呢？
心灵的深深处，
　宇宙的深深处，
　　灿烂光中的休息处。

六

镜子——
　对面照着，
反而觉得不自然，
　不如翻转过去好。

七

醒着的，
　只有孤愤的人罢！

听声声算命的锣儿，
　敲破世人的命运。

八

残花缀在繁枝上，
鸟儿飞去了，
　撒得落红满地——
　　生命也是这般的一瞥么?

九

梦儿是最瞒不过的呵，
清清楚楚的，
　诚诚实实的，
　　告诉了
你自己灵魂里的密意和隐忧。

一〇

嫩绿的芽儿，
　和青年说:
　"发展你自己!"

淡白的花儿，
　和青年说:
　"贡献你自己!"

深红的果儿，
　和青年说：
"牺牲你自己！"

一一

无限的神秘，
　何处寻它？
微笑之后，
　言语之前，
　　便是无限的神秘了。

一二

人类呵！
相爱罢，
　我们都是长行的旅客，
　　向着同一的归宿。

一三

一角的城墙，
　蔚蓝的天，
　　极目的苍茫无际——
　　　即此便是天上——人间。

一四

我们都是自然的婴儿，
　卧在宇宙的摇篮里。

一五

小孩子！
你可以进我的园，
　你不要摘我的花——
看玫瑰的刺儿，
　刺伤了你的手。

一六

青年人呵！
为着后来的回忆，
　小心着意的描你现在的图画。

一七

我的朋友！
为什么说我"默默"呢？
世间原有些作为，
　超乎语言文字以外。

一八

文学家呵！
着意的撒下你的种子去，
　随时随地要发现你的果实。

一九

我的心，
　孤舟似的，
　穿过了起伏不定的时间的海。

二〇

幸福的花枝，
　在命运的神的手里，
　　寻觅着要付与完全的人。

二一

窗外的琴弦拨动了，
　我的心呵！
怎只深深的绕在余音里？
是无限的树声，
　是无限的月明。

二二

生离——
　是朦胧的月日，
死别——
　是憔悴的落花。

二三

心灵的灯，
　在寂静中光明，
　　在热闹中熄灭。

二四

向日葵对那些未见过白莲的人，
　承认他们是最好的朋友。
白莲出水了，
　向日葵低下头了：
她亭亭的傲骨，
　分别了自己。

春水[1]（节选）

一

春水！
　又是一年了，
　　还这般的微微吹动。
可以再照一个影儿么？
春水温静的答谢我说：
"我的朋友！
　　我从来未曾留下一个影子，
　　　不但对你是如此。"

二

四时缓缓的过去——
百花互相耳语说：
"我们都只是弱者！
　甜香的梦
　　轮流着做罢，
　憔悴的杯
　　也轮流着饮罢，
上帝原是这样安排的呵！"

[1] 《春水》最初发表于《晨报副镌》1922 年 3 月 21 日至 31 日，4 月 11 日至 30 日，5 月 15 日至 30 日，6 月 2 日至 30 日。后结集为「新潮社文艺丛书」之一，1923 年 5 月初版

三

青年人！
你不能像风般飞扬，
　　便应当像山般静止。
浮云似的
　　无力的生涯，
只做了诗人的资料呵！

四

芦荻，
　　只伴着这黄波浪么？
趁风儿吹到江南去罢！

五

一道小河
　　平平荡荡的流将下去，
只经过平沙万里——
　　自由的，
　　　　沉寂的，
它没有快乐的声音。

一道小河
　　曲曲折折的流将下去，
只经过高山深谷——

险阻的，
　挫折的，
它也没有快乐的声音。

我的朋友！
感谢你解答了
　我久闷的问题，
平荡而曲折的水流里，
　青年的快乐
　　在其中荡漾着了！

六

诗人！
不要委屈了自然罢，
　"美"的图画，
　要淡淡的描呵！

七

一步一步的扶走——
　半隐的青紫的山峰
　怎的这般高远呢？

八

月呵！

什么做成了你的尊严呢?
深远的天空里,
　只有你独往独来了。

九

倘若我能以达到,
　上帝呵!
何处是你心的尽头,
　可能容我知道?
远了!
　远了!
　我真是太微小了呵!

一〇

忽然了解是一夜的正中,
白日的心情呵!
　不要侵到这境界里来罢。

一一

南风吹了,
将春的微笑
　从水国里带来了!

一二

弦声近了，
　瞽目者来了；
弦声远了，
　无知的人的命运
　也跟了去么？

一三

白莲花！
　清洁拘束了你了——
但也何妨让同在水里的红莲
　来参礼呢？

一四

自然唤着说：
"将你的笔尖儿
　浸在我的海里罢！
　人类的心怀太枯燥了。"

一五

沉默里，
　充满了胜利者的凯歌！

一六

心呵！
　什么时候值得烦乱呢？
　为着宇宙，
　为着众生。

一七

红墙衰草上的夕阳呵！
快些落下去罢，
　你使许多的青年人颓老了！

一八

冰雪里的梅花呵！
　你占了春先了。
看遍地的小花
　随着你零星开放。

一九

诗人！
　笔下珍重罢！
众生的烦闷
　要你来慰安呢。

二〇

山头独立，
　宇宙只一人占有了么?

二一

只能提着壶儿
　看她憔悴——
同情的水
　从何灌溉呢?
　她原是栏内的花呵!

二二

先驱者!
　你要为众生开辟前途呵,
　束紧了你的心带罢!

二三

平凡的池水——
　临照了夕阳,
　便成金海!

二四

小岛呵！
　　何处显出你的挺拔呢？
无数的山峰
　　沉沦在海底了。

二五

吹就雪花朵朵——
　　朔风也是温柔的呵！

二六

　　我只是一个弱者！
光明的十字架
　　容我背上罢，
　　我要抛弃了性天里
　　暗淡的星辰！

二七

大风起了！
　　秋虫的鸣声都息了！

二八

影儿欺哄了众生了，
　天以外——
　　月儿何曾圆缺？

二九

一般的碧绿，
　只多些温柔。
西湖呵，
　你是海的小妹妹么？

三〇

天高了，
　星辰落了。
　　晓风又与睡人为难了！

三一

诗人！
自然命令着你呢，
静下心潮
　　听它呼唤！

三二

渔舟归来了，
　看江上点点的红灯呵！

三三

墙角的花！
你孤芳自赏时，
　天地便小了。

三四

青年人！
　从白茫茫的地上
　找出同情来罢。

三五

嫩绿的叶儿
　也似诗情么？
颜色一番一番的浓了。

三六

老年人的"过去"，
　青年人的"将来"，

在沉思里
　都是一样呵！

三七

太空！
揭开你的星网，
容我瞻仰你光明的脸罢。

三八

秋深了！
　树叶儿穿上红衣了！

三九

水向东流，
　月向西落——
诗人，
　你的心情
　　能将她们牵住了么？

四〇

黄昏——深夜
　槐花下的狂风，
　　藤萝上的密雨，

可能容我暂止你?
病的弟弟
　　刚刚睡浓了呵!

四一

小松树,
　　容我伴你罢,
　　山上白云深了!

四二

晚霞边的孤帆,
　　在不自觉里
　　完成了"自然"的图画。

四三

春何曾说话呢?
　　但她那伟大潜隐的力量,
　　　已这般的
　　温柔了世界了!

四四

旗儿举正了,
　　聪明的先驱者呵!

四五

山有时倾了，
　海有时涌了。
一个庸人的心志
　　却终古竖立！

四六

不解放的行为，
　造就了自由的思想！

四七

人在廊上，
　书在膝上，
拂面的微风里
　　知道春来了。

四八

萤儿自由的飞走了，
　无力的残荷呵！

四九

自然的微笑里，

融化了
　人类的怨嗔。

五〇

何用写呢?
　诗人自己
便是诗了!

迎神曲

灵台上——
燃起星星微火，
黯黯地低头膜拜。

问："来从何处来?
去向何方去?
这无收束的尘寰，
可有众生归路?"

空华影落，
万籁无声，
隐隐地涌现了：
是宝盖珠幢，
是金身法相。

"只为问'来从何处来?
去向何方去?'
这轮转的尘寰，
便没了众生归路!"

"世界上，
来路便是归途，
归途也成来路。"

病的诗人（一）

诗人病了——
诗人的情绪
更适合于诗了，
然而诗人写不出。

菊花的影儿在地，
藤椅儿背着阳光。
书落在地上了，
不想拾起来，
只任它微风吹卷。

窗儿开着，
帘儿飏着，
人儿无聊，
只有：
　　书是旧的，
　　花是新的。

镜里照着的，
是消瘦的庞儿；
手里拿着的，
是沉重的笔儿。

凝涩的诗意，
却含着清新；
憔悴的诗人，
却感着愉快。

诗人病了——
诗人的情绪
更适合于诗了，
然而诗人写不出！

不忘

撕下日历来，
今日何日？
一阵乌黑的云彩，
扑到我眼前来了。

"和平者！
哲学家！"
我禁止自己不想他，
但我只是想着他。

我只是这般情性！
我不能装作和平者，
我也不配作哲学家；

我只晓得
人爱我——我也爱他，
人恨我——我也……

树叶儿般的一块地，
是我的家，
我永远也不忘了他！

一九二二年五月七日

晚祷（一）

浓浓的树影
　做成帐幕，
绒绒的草坡
　便是祭坛——
慈怜的月
穿过密叶，
照见了虔诚静寂的面庞。
四无人声，
严静的天空下，
我深深叩拜——
万能的上帝！
求你丝丝的织了明月的光辉，
作我智慧的衣裳，
　庄严的冠冕，
我要穿着它，
温柔地沉静地酬应众生。

烦恼和困难，
在你的恩光中，
　一齐抛弃；
只刚强自己
　保守自己，
永远在你座前
作圣洁的女儿，

光明的使者，
　　赞美大灵！

四无人声，
严静的天空下，
只慈怜的月
照着虔诚静寂的面庞。

一九二二年五月十二日

不忍

我用小杖
　　将网儿挑破了，
辛苦的工程
　　一霎时便拆毁了。

我用重帘
　　将灯儿遮蔽了，
窗外的光明
　　一霎时便隐没了。

我用微火
　　将新写的字儿烧毁了，
幽深的诗情
　　一霎时便消灭了。

我用冰冷的水儿
　　将花上的落叶冲走了，
无聊的慰安
一霎时便洗荡了。

我用矫决的词儿
　　将月下的印象掩没了，
自然的牵萦
　　一霎时便斩绝了。

这些都是"不忍"呵——
上帝！
　在渺茫的生命道上，
　除了"不忍"，
　我对众生
更不能有别的慰藉了。

一九二二年七月十一日

十年

她寄我一封信，
　提到了江南晚风天，
她说"只是佳景
　　　没有良朋！"

八个字中，
我想着江波，
　想着晚霞，
　想着独立的人影。

这里是
　只有闷雨，
　只有黄尘，
只有窗外静沉沉的天。

我的朋友！
　谁说人生似浮萍？
暂住……
　　一暂住又已是十年！

一九二二年八月十九日

使命

一个春日的早晨——
　流水般的车上：
　细雨洒着古墙，
　　洒着杨柳，
我微微的觉悟了我携带的使命。

一个夏日的黄昏——
　止水般的院里：
　晚霞照着竹篷，
　　照着槐树，
我深深的承认了我携带的使命。

觉悟——承认，
试回首！
　是欢喜还是惆怅？
已是两年以后了！

一九二二年八月二十二日

纪事——赠小弟冰季

右手握着弹弓，
　左手弄着泥丸——
背倚着柱子
　两足平直地坐着。
仰望天空的深黑的双眼，
　是侦伺着花架上
　　偷啄葡萄的乌鸦罢？
然而杀机里却充满着热爱的神情！

我从窗内忽然望见了，
我不觉凝住了，
　爱怜的眼泪
　　已流到颊上了！

一九二二年八月二十二日

安慰（一）

我曾梦见自己是一个畸零人，
　　醒时犹自呜咽。
因着遗留的深重的悲哀，
　　这一天中
　　我怜恤遍了人间的孤独者。

我曾梦见自己是一个畸零人，
　　醒时犹自呜咽。
因着相形的浓厚的快乐，
　　这一天中
　　我更觉出了四围的亲爱。

母亲！
当我坐在你的枕边
　　和你说着这些时，
　　虽然是你的眼里满了泪，
　　　　我的眼里满了泪呵——
我们却都感谢了
　　造物者无穷的安慰！

一九二二年九月二十四日晨

致词

假如我走了，
　彗星般的走了——
母亲！
　我的太阳！
七十年后我再回来，
　到我轨道的中心
　　五色重轮的你时，
你还认得这一点小小的光明么？

假如我去了，
　落花般的去了——
母亲！
　我的故枝！
明年春日我又回来，
　到我生命的根源
　　参天凌云的你时，
你还认得这一阵微微的芬芳么？

她凝然……含泪的望着我，
　无语——无语。

母亲！

　致词如此，

　累你凄楚——

万全之爱无别离，

万全之爱无生死！

一九二三年二月四日

解脱

月明如水，
树下徘徊——
　　沉思——沉思。
沉思里拾起枯枝，
　　慨然的鞭自己
地上月中的影子。

"人生"——
世人都当它是一个梦，
　　且是一个不分明的梦。
不分明里要它太分明，
我的朋友，
　　一生的忧患
　　　　从今起了！

珍惜她如雪的白衣，
　　却仍须渡过
　　　　这无边的黑海。
我的朋友！
　　世界既不舍弃你，
　　　　何如你舍弃了世界？

让她鹤一般的独立，
　　云一般的自由，

水一般的清静。
人生纵是一个梦呵,
也做了一个分明的梦。

沉思——沉思,
　沉思里抛了枯枝,
悠然的看自己
　　地上月中的影子。

一九二三年二月五日夜

惆怅

当岸上灯光，
　水上星光，
无声地遥遥相照。
苍茫里，
　倚着高栏，
只听见微击船舷的波浪。
我的心
　是如何的惆怅——无着！

梦里的母亲
　来安慰病中的我，
絮絮地温人的爱语——
几次醒来，
　药杯儿自不在手里。
海风压衾，
　明灯依然，
我的心
　是如何的惆怅——无着！

循着栏杆来去，——
群中的欢笑，
　掩不过静里的悲哀！
　"我在海的怀抱中了，
　母亲何处？"

天高极，
　海深极，
月清极，
　人静极，
空泛的宇宙里，
我的心
　是如何的惆怅——无着！

一九二三年八月二十五日

纸船——寄母亲

我从不肯妄弃了一张纸，
　　总是留着——留着，
叠成一只一只很小的船儿，
　　从舟上抛下在海里。

有的被天风吹卷到舟中的窗里，
　　有的被海浪打湿，沾在船头上。
我仍是不灰心的每天的叠着，
　　总希望有一只能流到我要它到的地方去。

母亲，倘若你梦中看见一只很小的白船儿，
　　不要惊讶它无端入梦。
这是你至爱的女儿含着泪叠的，
　　万水千山，求它载着她的爱和悲哀归去。

一九二三年八月二十七日

倦旅

灯已灭了，
　　残花只管散着余香。
欹枕处——
　　只一两声飞雨
　　　打着窗户。
听到此时，
　　一切的心都淡了！

新月未落，
　　朝霞已生，
　　濛濛里——
　　一颗曙星
　　躲避天光似的
　　　穿着乱云飞走。
好辛苦的路途呵！
看到此时
　　一切的心都淡了！

银海般的雪地，
　　怒潮般的山风——
这样的别离！
山外隆隆的车声，
　　不知又送谁人远去。
听到此时，

一切的心都淡了！

鼓励的信，
　　寄与了倦慵的人！
事违初意皆如此！
一书在手，
　　湖光睡去，
　　星辰渐生——
看到此时
　　一切的心都淡了！

一九二四年一月二日，青山沙穰

赴敌

I was ever a fighter, so-one fight more
The best and the last!

——R.Browning

晓角遥吹，
催动了我的桃花骑。
他奋鬣长鸣
　　耸鞍振辔，
　　要我先为备。
哪知道他的主人
　　这次心情异？

我扶着剑儿，
　　倚着马儿，
不自主的流下几点英雄泪！

残月未坠，
晓山凝翠——
湖上的春风
　　吹得我心魂醉。
休想杀得个敌人，
　　我无有精神——
　　　昨夜不曾睡！

我扶着剑儿，
　倚着马儿，
　不自主的流下几点英雄泪！

昨夜灯筵，
　几个知人意？
朋友们握手拍肩，
　　笑谈轻敌，
　只长我骄奢气。
如今事到临头，
　　等闲相弃！

　我扶着剑儿，
　　倚着马儿，
　不自主的流下几点英雄泪！

朝阳在地，
鸟声相媚。
迷胡里捧起湖泉
　　磨着剑儿试。
百战过来，
　谁知此次非容易？

我扶着剑儿，
　　倚着马儿，
　　　不自主的流下几点英雄泪！

晓角再吹，
余音在树，
远远地敌人来也！
　　匹马单刀，
　　　仓皇急遽，
他也无人相助！

　　向前去，
　　　生生死死无凭据！

家山何处？
一别便成落花飞絮！
等着些儿，
　　让我写几个字儿
　　　托一托寄书使。
拜告慈亲，
　　暴虎冯河
　　　只为着无双誉。

　　向前去，

生生死死无凭据！

晓光下定神静虑，
把往绩从头细数。
百万军中
　也曾寻得突围路。
这番也只要雄心相助，
　　　勇力相赴！

　向前去，
　　生生死死无凭据！

轩然一笑，
拔刀相顾，
已半世英名昭著，
此战归来，
　便是安心处！

　向前去，
　　生生死死无凭据！

一九二五年四月二十九日晨，于娜安辟迦楼

相思

躲开相思，
披上裘儿
　走出灯明人静的屋子。

小径里明月相窥，
枯枝——
　在雪地上
　　又纵横的写遍了相思。

一九二五年十二月十二日

我再也不能承受这样的温存

我从浓眠中忽然醒起。
窗外已黄昏,
西山隐约地拖出烟痕!
朦胧里我伸出臂儿,
要牵住梦中的爱抚,
猛然惊觉……
我已是没娘的孩子,
我再也不能承受这样的温存!

屋里已黑到没有一丝光亮,
我全身消失在无际的悲凉;
我的魂灵如同迷途的小鸟,
在昏夜里随着狂风飞飏。

我泪已枯,
我肠已断,
没有一点人声入耳,
眼前是一片惨默的海洋!
这海洋惨默到无穷时候:
波面上涌出银光!
菊花的影儿在地,
月儿正照着东墙。

我挣扎着披衣站起，
茫然地开起窗门，
满月正自田野边升起，
笼罩着一个圆满的乾坤！

这样圆满的乾坤。
母亲正在天阁，
有天母温存的爱抚，
爱抚她病弱的灵魂！

只有我弃留在世上……
我泪纵枯，
我肠纵断，
在世上我已是没娘的孩子，
我再也不能承受这样的温存！

一九三〇年十二月五日夜

惊爱如同一阵风

惊爱如同一阵风，
在车中，他指点我看
　　西边，雨后，深灰色的天空，
　　有一片晚霞金红！

睡了的是我的诗魂，
　　再也叫不觉这死寂的朦胧，
我的心好比这深灰色的天空，
　　这一片晚霞，是一声钟！

这一片晚霞是一声钟，
　　敲进我死寂的心官，
千门万户回响，隆——隆，
　　隆隆的洪响惊醒了我的诗魂。

惊爱如同一阵风，
在车中，他指点我看
西边，雨后，深灰色的天空，
有一片晚霞金红。

一九三一年七月十六日，在车中

一句话

那天湖上是漠漠的轻阴，
湿烟盖住了泼剌的游鳞。
东风沉静地抚着我的肩头，
"且慢，你先别说出那一句话！"

那夜天上是密密的乱星，
树头栖隐着双宿的娇禽。
南风戏弄地挨着我的腮旁，
"完了，你竟说出那一句话！"

那夜湖上是凄恻的月明，
水面横飞着闪烁的秋萤。
西风温存地按着我的嘴唇，
"何必，你还思索那一句话？"

今天天上是呼呼的风沙，
风里哀唤着失伴的惊鸦。
北风严肃地擦着我的眼睛，
"晚了，你要收回那一句话？"

一九三六年二月三日

生命

莫非你冷，
你怎秋叶似的颤抖；
这里风凉，
待我慢慢拉着你走。

你看天空多么清灵，
这滴滴皎洁的春星；
新月眉儿似的秀莹，
你头上有的是快乐，光明。

你看灯彩多么美妙，
纱窗内透出桔色的温柔；
这还不给你一些儿温暖？
纵然你有海样的深愁。

看温情到了你指尖，
看微笑到了你唇边——
你觉得生命投到你怀里不？
你寻找了这许多年。

一九四二年春月，歌乐山

给西红门乡的一位小朋友

记得不？那一天
开过了庆功大会，
你们都坐在台前——
台上正演着京剧，
那位女演员满头珠翠，
打扮得像个神仙；
她轻柔地挥手，
　轻盈地移步，
步步配合着优美的丝弦。

你问："她的花冠上是不是
　镶着千百面的小镜子，
　怎会这样地闪烁晶莹？"
我却关心着你们的
　红领巾水库，
问你"几时才能完成？"
你说："这水坝只有一百米长，
　　　　　两公尺宽；
您不知我们干得多欢！"
我们学校里每天出动四百人，
城里每天还来三百个
　　　　红领巾。
人多了，工具却发生困难，
我们只好两人抬一个土筐！

三四月间就会挖好，
请您一定要来参观。
三四月间我要走了，
飞上祖国的天空。
我一定要从机窗下望，
寻找西红门乡的田野，
寻找这一面发光的小镜子，
在天空上庆祝你们的成功！

只怕我认不出是哪一个，
红领巾水库实在很多！
但是我会更加快乐：
全国小朋友有几千万双
　　　　　　　　小手，
在祖国广大的田野上，
挖出几千百个红领巾水库，
从天空上看也就像
几千百面晶莹的明镜！
我要指给飞机上的人们，
　　　　要他们都来观看
看小朋友们出了力，流了汗，
给祖国戴上一顶多么美丽的花冠！

一九五八年三月十二日，北京

别踩了这朵花

小朋友，你看，
你的脚边，
一朵小小的黄花。
我们大家
　绕着它走，
别踩了这朵花！

去年有一天：
秋空明朗，
秋风凉爽，
它妈妈给它披上
一件绒毛的大氅，
降落伞似地，
把它带到马路边上。

冬天的雪，给它，
　盖上厚厚的棉衣，
它静静地躺卧着，
等待着春天的消息。
这一天，它觉得
　身上润湿了，
它闻见泥土的芬芳；
它快乐地站起身来，
伸出它金黄的翅膀。

你看，它多勇敢，
就在马路边上安家；
它不怕行人的脚步，
也不怕来往的大车。

春游的小朋友们
　多么欢欣！
春风里飘扬着新衣
　——新裙，
你们头抬得高，
　脚下得重，
小心在你不知不觉中，
把小黄花的生机断送；
我的心思你们也懂，
在春天无边的快乐里，
这快乐也有它的一份！

一九五九年四月二十五日

访堀田善卫先生山居并赠

东亚亚洲一揽收。
先生心比海天阔，
此间景物最清幽。
海上青山山上楼，

一九六一年四月十五日夜，痘子，日本

小白鸽捎来的信

泰戈尔爷爷到过你们的首都北京，

他说在那里他留下了他的心。

这里也来过许多热情的中国朋友，

谈的也都是团结、友爱，与和平。

我多么想去中国看望你呵，

我知道你也想来印度看我。

但妈妈说我们还都是小孩子，

小孩子不能自己远出、旅行。

现在我请小白鸽

给您送去一串红花环，

请你也让它

给我带来一条红领巾。

虽然我们现在还不能相见握手谈心，

但这两件火红的礼物

会替我们说出我们的厚意和深情！

一九八三年十二月五日

故乡的海波呵!
你那飞溅的浪花,
从前是怎样一滴一滴地敲我的磐石
现在也还是一涌一涌地敲我的心弦。
——繁星二八一

《故乡的海波》手迹

冰心致梁实秋手迹

林
徽
因
的
诗

林 徽 因 的 诗

086　笑

087　深夜里听到的乐声

088　情愿

089　仍然

090　激昂

092　深笑

093　记忆

094　题剔空菩提叶

095　黄昏过泰山

096　静坐

097　时间

098　哭三弟恒——三十年空战阵亡

101　八月的忧愁

102　雨后天

103　无题

104　秋天，这秋天

108　那一晚

109　"谁爱这不息的变幻"

110　一首桃花

111　莲灯

112　中夜钟声

113　山中一个夏夜

114　年关

116　你是人间的四月天
　　　　——一句爱的赞颂

117　忆

118　吊玮德

122　灵感

126　城楼上

128　风筝

129　别丢掉

130　静院

133　昼梦

135　过杨柳

136　冥思

137　空想（外四章）
　　　　你来了
　　　　"九·一八"闲走
　　　　藤花前——独过静心斋
　　　　旅途中

142　红叶里的信念
147　山中
148　十月独行
149　古城春景
150　前后
151　去春
152　除夕看花
153　诗（三首）
　　　　给秋天
　　　　人生
　　　　展缓
157　六点钟在下午
158　昆明即景
　　　　一　茶铺
　　　　二　小楼
161　一串疯话
162　病中杂诗（九首）
　　　　小诗（一）
　　　　小诗（二）
　　　　恶劣的心绪

　　　写给我的大姊
　　　一天
　　　对残枝
　　　对北门街园子
　　　十一月的小村
　　　忧郁
169　我们的雄鸡
170　微光
172　古城黄昏
173　桥
175　孤岛

笑[1]

笑的是她的眼睛，口唇，
和唇边浑圆的漩涡。
艳丽如同露珠，
朵朵的笑向
贝齿的闪光里躲。
那是笑——神的笑，美的笑：
水的映影，风的轻歌。

笑的是她惺松的鬈发，
散乱的挨着她的耳朵。
轻软如同花影，
痒痒的甜蜜
涌进了你的心窝。
那是笑——诗的笑，画的笑：
云的留痕，浪的柔波。

深夜里听到的乐声①

这一定又是你的手指，
轻弹着，
在这深夜，稠密的悲思。

我不禁颊边泛上了红，
静听着，
这深夜里弦子的生动。

一声听从我心底穿过，
忒凄凉
我懂得，但我怎能应和？

生命早描定她的式样，
太薄弱
是人们的美丽的想象。

除非在梦里有这么一天，
你和我
同来攀动那根希望的弦。

情愿[1]

我情愿化成一片落叶，
让风吹雨打到处飘零；
或流云一朵，在澄蓝天，
和大地再没有些牵连。

但抱紧那伤心的标志，
去触遇没着落的怅惘；
在黄昏，夜班，蹑着脚走，
全是空虚，再莫有温柔；

忘掉曾有这世界；有你；
哀悼谁又曾有过爱恋；
落花似的落尽，忘了去
这些个泪点里的情绪。

到那天一切都不存留，
比一闪光，一息风更少
痕迹，你也要忘掉了我
曾经在这世界里活过。

① 原载《新月诗选》
（1931年9月）

仍然^①

你舒伸得像一湖水向着晴空里
白云，又像是一流冷涧，澄清
许我循着林岸穷究你的泉源：
我却仍然怀抱着百般的疑心
对你的每一个映影！

你展开像个千瓣的花朵！
鲜妍是你的每一瓣，更有芳沁，
那温存袭人的花气，伴着晚凉：
我说花儿，这正是春的捉弄人，
来偷取人们的痴情！

你又学叶叶的书篇随风吹展，
揭示你的每一个深思；每一角心境，
你的眼睛望着我，不断的在说话：
我却仍然没有回答，一片的沉静
永远守住我的魂灵。

激昂①

我要借这一时的豪放
和从容，灵魂清醒的
在喝一泉甘甜的鲜露，
来挥动思想的利剑，
舞它那一瞥最敏锐的
锋芒，像皑皑塞野的雪
在月的寒光下闪映，
喷吐冷激的辉艳；——斩，
斩断这时间的缠绵，
和猥琐网布的纠纷，
剖取一个无暇的透明，
看一次你，纯美，
你的裸露的庄严。
……

然后踩登
任一座高峰，攀牵着白云
和锦样的霞光，跨一条
长虹，瞰临着澎湃的海，
在一穹匀静的澄蓝里，
书写我的惊讶与欢欣，
献出我最热的一滴眼泪，

我的信仰，至诚，和爱的力量，
永远膜拜，
膜拜在你美的面前！

五月，香山

深笑[1]

是谁笑得那样甜，那样深，
那样圆转？一串一串明珠
大小闪着光亮，进出天真！
清泉底浮动，泛流到水面上，
灿烂，
分散！

是谁笑得好花儿开了一朵？
那样轻盈，不惊起谁。
细香无意中，随着风过，
拂在短墙，丝丝在斜阳前
挂着
留恋。

是谁笑成这百层塔高耸，
让不知名鸟雀来盘旋？是谁
笑成这万千个风铃的转动，
从每一层琉璃的檐边
摇上
云天？

[1] 原载《大公报·文艺副刊》
（1936 年 1 月 5 日）

记忆[1]

断续的曲子，最美或最温柔的
夜，带着一天的星。
记忆的梗上，谁不有
两三朵娉婷，披着情绪的花
无名的展开
野荷的香馥，
每一瓣静处的月明。

湖上风吹过，头发乱了，或是
水面皱起像鱼鳞的锦。
四面里的辽阔，如同梦
荡漾着中心彷徨的过往
不着痕迹，谁都
认识那图画，
沉在水底记忆的倒影！

一九三六年二月

① 原载《大公报·文艺副刊》（1936年3月22日）

题剔空菩提叶[1]

认得这透明体，
智慧的叶子掉在人间？
消沉，慈净——
那一天一闪冷焰，
一叶无声的坠地，
仅证明了智慧寂寞
孤零的终会死在风前！
昨天又昨天，美
还逃不出时间的威严；
相信这里睡眠着最美丽的
骸骨，一丝魂魄月边留念，——
…………
菩提树下清荫则是去年！

一九三六年年四月二十三日

黄昏过泰山①

记得那天

心同一条长河，

让黄昏来临，

月一片挂在胸襟。

如同这青黛山，

今天，

心是孤傲的屏障一面；

葱郁，

不忘却晚霞，

苍莽，

却听脚下风起，

来了夜——

① 原载《大公报·文艺副刊》

（1936年7月19日）

静坐①

冬有冬的来意，
寒冷像花，——
花有花香，冬有回忆一把。
一条枯枝影，青烟色的瘦细，
在午后的窗前拖过一笔画；
寒里日光淡了，渐斜……
就是那样地
像待客人说话
我在静沉中默啜着茶。

一九三六年年冬十一月

① 原载《大公报·文艺副刊》
（1937年1月31日）

时间①

人间的季候永远不断在转变
春时你留下多处残红，翩然辞别，
本不想回来时同谁叹息秋天！

现在连秋云黄叶又已失落去
辽远里，剩下灰色的长空一片
透彻的寂寞，你忍听冷风独语？

① 原载《大公报·文艺副刊》
（1937 年 3 月 14 日）

哭三弟恒——三十年空战阵亡[1]

弟弟，我没有适合时代的语言
来哀悼你的死；
它是时代向你的要求，
简单的，你给了。
这冷酷简单的壮烈是时代的诗
这沉默的光荣是你。

假使在这不可免的真实上
多给了悲哀，我想呼喊，
那是——你自己也明了——
因为你走得太早，
太早了，弟弟，难为你的勇敢，
机械的落伍，你的机会太惨！

三年了，你阵亡在成都上空，
这三年的时间所做成的不同，
如果我向你说来，你别悲伤，
因为多半不是我们老国，
而是他人在时代中辗动，
我们灵魂流血，炸成了窟窿。

我们已有了盟友、物资同军火，
正是你所曾经希望过。
我记得，记得当时我怎样同你

讨论又讨论，点算又点算，
每一天你是那样耐性的等着，
每天却空的过去，慢得像骆驼！

现在驱逐机已非当日你最理想
驾驶的"老鹰式七五"那样——
那样笨，那样慢，啊，弟弟不要伤心，
你已做到你们所能做的，
别说是谁误了你，是时代无法衡量，
中国还要上前，黑夜在等天亮。

弟弟，我已用这许多不美丽言语
算是诗来追悼你，
要相信我的心多苦，喉咙多哑，
你永不会回来了，我知道，
青年的热血做了科学的代替；
中国的悲怆永沉在我的心底。

啊，你别难过，难过了我给不出安慰。
我曾每日那样想过了几回：
你已给了你所有的，同你去的弟兄
也是一样，献出你们的生命；
已有的年轻一切；将来还有的机会，
可能的壮年工作，老年的智慧；

可能的情爱，家庭，儿女，及那所有
生的权利，喜悦；及生的纠纷！
你们给的真多，都为了谁？你相信
今后中国多少人的幸福要在
你的前头，比自己要紧；那不朽
中国的历史，还需要在世上永久。

你相信，你也做了，最后一切你交出。
我既完全明白，为何我还为着你哭？
只因你是个孩子却没有留什么给自己，
小时我盼着你的幸福，战时你的安全，
今天你没有儿女牵挂需要抚恤同安慰，
而万千国人像已忘掉，你死是为了谁！

三十四年，李庄

八月的忧愁①

黄水塘里游着白鸭，
高粱梗油青的刚高过头，
这跳动的心怎样安插，
田里一窄条路，八月里这忧愁？

天是昨夜雨洗过的，山岗
照着太阳又留一片影；
羊跟着放羊的转进村庄，
一大棵树荫下罩着井，又像是心！

从没有人说过八月什么话，
夏天过去了，也不到秋天。
但我望着田垄，土墙上的瓜，
仍不明白生活同梦怎样的连牵。

二十五年夏末

① 原载《大公报·文艺副刊》
（1936年9月30日）

雨后天①

我爱这雨后天，
这平原的青草一片！
我的心没底止的跟着风吹，
风吹：
吹远了香草，落叶，
吹远了一缕云，像烟——
像烟。

无题①

什么时候再能有
那一片静；

溶溶在春风中立着，
面对着山，面对着小河流？

什么时候还能那样
满掬着希望；
披拂新绿，耳语似的诗思，
登上城楼，更听那一声钟响？

什么时候，又什么时候，心
才真能懂得
这时间的距离；山河的年岁；
昨天的静，钟声
昨天的人
怎样又在今天里划下一道影！

二十五年春四月

① 原载《大公报·文艺副刊》
（1936 年 5 月 3 日）

秋天，这秋天[1]

这是秋天，秋天，
风还该是温软；
太阳仍笑着那微笑，
闪着金银，夸耀
他实在无多了的
最奢侈的早晚！
这里那里，在这秋天，
斑彩错置到各处
山野，和枝叶中间，
像醉了的蝴蝶，或是
珊瑚珠翠，华贵的失散，
缤纷降落到地面上。
这时候心得像歌曲，
由山泉的水光里闪动，
浮出珠沫，溅开
山石的喉嗓唱。
这时候满腔的热情
全是你的，秋天懂得，
秋天懂得那狂放，——
秋天爱的是那不经意
不经意的凌乱！

但是秋天，这秋天，
他撑着梦一般的喜筵，

不为的是你的欢欣：
他撒开手，一掬璎珞，
一把落花似的幻变，
还为的是那不定的
悲哀，归根儿蒂结住
在这人生的中心！
一阵萧萧的风，起自
昨夜西窗的外沿，
摇着梧桐树哭。——
起始你怀疑着：
荷叶还没有残败；
小划子停在水流中间；
夏夜的细语，夹着虫鸣，
还信得过仍然偎着
耳朵旁温甜；
但是梧桐叶带来桂花香，
已打到灯盏的光前。
一切都两样了，他闪一闪说，
只要一夜的风，一夜的幻变。

冷雾迷住我的两眼，
在这样的深秋里，
你又同谁争？现实的背面
是不是现实，荒诞的，

果属不可信的虚妄？
疑问抵不住简单的残酷，
再别要悯惜流血的哀惶，
趁一次里，要认清
造物更是摧毁的工匠。
信仰只一细炷香，
那点子亮再经不起西风
沙沙的隔着梧桐树吹！
如果你忘不掉，忘不掉
那同听过的鸟啼；
同看过的花好，信仰
该在过往的中间安睡。……
秋天的骄傲是果实，
不是萌芽，——生命不容你
不献出你积累的馨芳；
交出受过光热的每一层颜色；
点点沥尽你最难堪的酸怆。
这时候，
切不用哭泣；或是呼唤；
更用不着闭上眼祈祷；
（向着将来的将来空等盼）；
只要低低的，在静里，低下去
已困倦的头来承受，——承受
这叶落了的秋天

听风扯紧了弦索自歌挽：

这夜，这夜，这惨的变换！

二十二年十一月中旬

那一晚[1]

那一晚我的船推出了河心，
澄蓝的天上托着密密的星。
那一晚你的手牵着我的手，
迷惘的黑夜封锁起重愁。
那一晚你和我分定了方向，
两人各认取个生活的模样。

到如今我的船仍然在海面飘，
细弱的桅杆常在风涛里摇。
到如今太阳只在我背后徘徊，
层层的阴影留守在我周围。
到如今我还记着那一晚的天，
星光、眼泪、白茫茫的江边！
到如今我还想念你岸上的耕种：
红花儿黄花儿朵朵的生动。

那一天我希望要走到了顶层，
蜜一般酿出那记忆的滋润。
那一天我要跨上带羽翼的箭，
望着你花园里射一个满弦。
那一天你要听到鸟般的歌唱，
那便是我静候着你的赞赏。
那一天你要看到零乱的花影，
那便是我私闯入当年的边境！

① 原载《诗刊》（1931 年 4 月第 2 期），署名：尺棰

"谁爱这不息的变幻"①

谁爱这不息的变幻，她的行径？
催一阵急雨，抹一天云霞，月亮，
星光，日影，在在都是她的花样，
更不容峰峦与江海偷一刻安定。
骄傲的，她奉着那荒唐的使命：
看花放蕊树凋零，娇娃做了娘；
叫河流凝成冰雪，天地变了相；
都市喧哗，再寂成广漠的夜静！
虽说千万年在她掌握中操纵，
她不曾遗忘一丝毫发的卑微。
难怪她笑永恒是人们造的谎，
来抚慰恋爱的消失，死亡的痛。
但谁又能参透这幻化的轮回，
谁又大胆地爱过这伟大的变幻？

香山，四月十二日

① 原载《诗刊》（1931年4月第2期）

一首桃花 [1]

桃花，

那一树的嫣红，

像是春说的一句话：

朵朵露凝的娇艳，

是一些

玲珑的字眼，

一瓣瓣的光致，

又是些

柔的匀的吐息；

含着笑，

在有意无意间

生姿的顾盼。

看，——

那一颤动在微风里

她又留下，淡淡的，

在三月的薄唇边，

一瞥，

一瞥多情的痕迹！

二十年五月，香山

莲灯[①]

如果我的心是一朵莲花，
正中擎出一枝点亮的蜡，
荧荧虽则单是那一剪光，
我也要它骄傲的捧出辉煌。
不怕它只是我个人的莲灯，
照不见前后崎岖的人生——
浮沉它依附着人海的浪涛
明暗自成了它内心的秘奥。
单是那光一闪花一朵——
像一叶轻舸驶出了江河——
宛转它飘随命运的波涌
等候那阵阵风向远处推送。
算做一次过客在宇宙里，
认识这玲珑的生从容的死，
这飘忽的途程也就是个——
也就是个美丽美丽的梦。

二十一年七月半，香山

中夜钟声 [1]

钟声
　敛住又敲散
　　一街的荒凉
听——
　那圆的一颗颗声响
　直沉下时间
　　　　静寂的
　　　　咽喉。

　像哭泣，
　像哀恸，
将这僵黑的
中夜
　葬入
　那永不见曙星的
　　空洞——

轻——重，……
　——重——轻……
这摇曳的一声声，
　又凭谁的主意
　把那余剩的忧惶
随着风冷——
　　纷纷
　　　掷给还不成梦的
　　　　人。

山中一个夏夜①

山中有一个夏夜，深得

像没有底一样，

黑影，松林密密的；

周围没有点光亮。

　　　对山闪着只一盏灯——两盏

　　　像夜的眼，夜的眼在看！

满山的风全蹑着脚

像是走路一样，

躲过了各处的枝叶

各处的草，不响。

　　　单是流水，不断的在山谷上

　　　石头的心，石头的口在唱。

虫鸣织成那一片静，寂寞

像垂下的帐幔；

仲夏山林在内中睡着，

幽香四下里浮散。

　　　黑影枕着黑影，默默的无声，

　　　夜的静，却有夜的耳在听！

　　　　　　　　一九三一年（据手稿）②

① 原载《新月》（1933 年 6 月 4 卷 7 期）

② 本诗第三节据作者修改后的手稿排印。1933 年此诗初次发表时这一节为：：均匀的一片静，罩下像张软垂的幔帐。疑问不见了，四角里模糊，是梦在窥探？夜像在祈祷，无声的在期待，幽馥的虔诚在无声里布漫

年关[1]

哪里来，又向哪里去，
这不断，不断的行人，
奔波杂遝的，这车马？
红的灯光，绿的紫的，
织成了这可怕，还是
可爱的夜？高的楼影
渺茫天上，都象征些
什么现象？这噪聒中
为什么又凝着这沉静；
这热闹里，会是凄凉？
这是年关，年关，有人
由街头走着，估计着，
孤零的影子斜映着，
一年，又是一年辛苦，
一盘子算珠的艰和难。
日中你敛住气，夜里
你喘，一条街，一条街，
跟着太阳灯光往返，——
人和人，好比水在流，
人是水，两旁楼是山！

一年，一年，
连年里，这穿过城市
胸腑的辛苦，成千万，

成千万人流的血汗，
才会造成了像今夜
这神奇可怕的灿烂！
看，街心里横一道影
灯盏上开着血印的花
夜在凉雾和尘沙中
进展，展进，许多口里
在喘着年关，年关……

二十三年废历除夕

你是人间的四月天
——一句爱的赞颂[1]

我说你是人间的四月天；
笑响点亮了四面风；轻灵
在春的光艳中交舞着变。

你是四月早天里的云烟，
黄昏吹着风的软，星子在
无意中闪，细雨点洒在花前。

那轻，那娉婷，你是，鲜妍
百花的冠冕你戴着，你是
天真，庄严，你是夜夜的月圆。

雪化后那片鹅黄，你像；新鲜
初放芽的绿，你是；柔嫩喜悦
水光浮动着你梦期待中白莲。

你是一树一树的花开，是燕
在梁间呢喃，——你是爱，是暖，
是希望[2]，你是人间的四月天！

① 原载《学文》
（1934 年 5 月第 1 卷 1 期）
② 是希望：作者后来将「是希望」
改作「是诗的一篇」

忆[1]

新年等在窗外，一缕香，
枝上刚放出一半朵红。
心在转，你曾说过的
几句话，白鸽似的盘旋。

我不曾忘，也不能忘
那天的天澄清的透蓝，
太阳带点暖，斜照在
每棵树梢头，像凤凰。

是你在笑，仰脸望，
多少勇敢话那天，你我
全说了，——像张风筝
向蓝穹，凭一线力量。

二十二年年岁终

① 原载《学文》（1934年6月第1卷2期）

吊玮德[1]

玮德，是不是那样，
你觉得乏了，有点儿
不耐烦，
并不为别的缘故
你就走了，
向着哪一条路？
玮德你真是聪明；
早早的让花开过了
那顶鲜妍的花朵，
就选个这样春天的清晨，
挥一挥袖
对着晓天的烟霞
走去，轻轻的，轻轻的
背向着我们。
春风似的不再停住！

春风似的吹过，
你却留下
永远的那么一颗
少年人的信心；
少年的微笑
和悦的
洒落在别人的新枝上。
我们骄傲

你这骄傲
但你，玮德，独不惆怅
我们这一片
懦弱的悲伤？

黯然是这人间
美丽不常走来
你知道。
歌声如果有，也只在
几个唇边旋转！
一层一层尘埃，
凄怆是各样的安排，
即使狂飙不起，狂飙不起，
这远近苍茫，
雾里狼烟，
谁还看见花开！

你走了，
你也走了，
尽走了，再带着去
那些儿馨芳，
那些个嘹亮，
明天再明天，此后
寂寞的平凡中

都让谁来支持？
一星星理想，难道
从此都空挂到天上？

玮德你真是个诗人
你是这般年轻，好像
天方放晓，钟刚敲响……
你却说倦了，有点儿
不耐烦忍心，
一条虹桥由中间拆断；
情愿听杜鹃啼唱，
相信有明月长照，
寒光水底能依稀映成
那一半连环
憬憧中
你诗人的希望！

玮德是不是那样
你觉得乏了，人间的怅惘
你不管；
莲叶上笑着展开
浮烟似的诗人的脚步。
你只相信天外那一条路？

灵感[1]

是你，是花，是梦，打这儿过，
此刻像风在摇动着我；
告诉日子重叠盘盘的山窝；
清泉潺潺流动转狂放的河；
孤僻林里闲开着鲜妍花，
细香常伴着圆月静天里挂；
且有神仙纷纭的浮出紫烟，
衫裙飘忽映影在山溪前；
给人的理想和理想上
铺香花，叫人心和心合着唱；
直到灵魂舒展成条银河，
长长流在天上一千首歌！

是你，是花，是梦，打这里儿过，
此刻像风，在摇动着我；
告诉日子是这样的不清醒；
当中偏响着想不到的一串铃。
树枝里轻声摇曳；金镶上翠，
低了头的斜阳，又一抹光辉。
难怪阶前人忘掉黄昏，脚下草，
高阁古松，望着天上点骄傲；
留下檀香，木鱼，合掌，

在神龛前，在蒲团上，
楼外又楼外，幻想彩霞却缀成
凤凰栏杆，挂起了塔顶上灯！

二十四年十月徽因作于北平

此刻像風在搖動着秋；

告訴日子是這樣的不清醒，

當中淪響着想不到的一串鈴，

樹技裡輕聲搖曳金鑲上翠，

低頭了的斜陽、又一抹光輝。

難怪階前人忽撣黃香，腳下草、

高閣古松，望着天上点驕傲；

留下檀香，木魚合掌

在神龕前，在蒲團上，

樓外又樓外，幻想彩霞却慢成

鳳凰欄杆挂起了塔頂上燈！

二十四年十月 徽因作於北平

靈感

是你，是花，是夢，打這兒過
此刻像風在搖動着我：
告訴日子重叠盤：的山高，
清泉濺～流動轉往放的河；
孤僻林裏開着鮮妍花，
細香常洋着圓月靜天裏掛；
且有神仙般的浮出紫煙，
彷裾飄忽映影在山溪前；
給人理想和理想上
鋪香花，听人心和心合着唱，
直到靈魂舒展成條銀河，

城楼上①

你说什么?

鸭子,太阳,

城墙上那护城河?

——我?

我在想,

——不是不在听——

想怎样

从前,……

——

对了,

也是秋天!

你也曾去过,

你? 那小树林?

还记得么;

山窝,红叶像火?

映影

湖心里倒浸,

那静?

天! ……

(今天的多蓝,你看!)

白云,

像一缕炳。

① 原载《大公报·文艺副刊》
(1935 年 11 月 8 日)

谁又罗嗦？

你爱这里城墙，

古墓，长歌，

蔓草里开野花朵。

好，我不再讲

从前的，单想

我们在古城楼上

今天，——

白鸽，

（你准知道是白鸽？）

飞过面前。

二十四年十月

风筝[1]

看，那一点美丽
会闪到天空！
几片颜色，
挟住双翅，
心，缀一串红。

飘摇，它高高的去，
逍遥在太阳边
太空里闪
一小片脸，
但是不，你别错看了
错看了它的力量，
天地间认得方向！
它只是
轻的一片，
一点子美
像是希望，又像是梦；
一长根丝牵住
天穹，渺茫——
高高推着它舞去，
白云般飞动，
它也猜透了不是自己，
它知道，知道是风！

正月十一日

[1] 原载《大公报·文艺副刊》（1936年2月14日）

别丢掉①

别丢掉
这一把过往的热情，
现在流水似的，
轻轻
在幽冷的山泉底，
在黑夜，在松林，
你仍要保存着那真！
一样是月明，
一样是隔山灯火，
满天的星，
只使人不见，
梦似的挂起，
你问黑夜要回
那一句话——你仍得相信
山谷中留着
有那回音！

二十一年夏

① 原载《大公报·文艺副刊》（1936年3月15日）

静院①

你说这院子深深的——
美从不是现成的。
这一掬静，
到了夜，你算，
就需要多少铺张？
月圆了残，叫卖声远了，
隔过老杨柳，一道墙，又转，
初一？凑巧谁又在烧香，……
离离落落的满院子，
不定是神仙走过，
仅是迷惘，像梦，……
窗槛外或者是暗的，
或透那么一点灯火。

这掬静，院子深深的
——有人也叫它做情绪——
情绪，好，你指点看
有不有轻风，轻得那样
没有声响，吹着凉？
黑的屋脊，自己的，人家的，
兽似的背耸着，又像
寂寞在嘶声的喊！
石阶，尽管沉默，你数，
多少层下去，下去，

是不是还得栏杆，斜斜的
双树的影去支撑？

对了，角落里边
还得有人低着头脸。
会忘掉又会记起，——会想，
——那不论——或者是
船去了，一片水，或是
小曲子唱得嘹亮；
或是枝头粉黄一朵，
记不得谁了，又向谁认错！
又是多少年前，——夏夜。
有人说：
"今夜，天，……"（也许是秋夜）
又穿过藤萝，
指着一边，小声的，"你看，
星子真多！"
草上人描着影子；
那样点头，走，
又有人笑，……

静，真的，你可相信
这平铺的一片——
不单是月光，星河，

雪和萤虫也远——

夜，情绪，进展的音乐，

如果慢弹的手指

能轻似蝉翼，

你拆开来看，纷纭，

那玄微的细网

怎样深沉的拢住天地，

又怎样交织成

这细致飘渺的彷徨！

二十五年一月

昼梦[1]

昼梦

垂着纱,

无从追寻那开始的情绪

还未曾开花;

柔韧得像一根

乳白色的茎,缠住

纱帐下;银光

有时映亮,去了又来;

盘盘丝络

一半失落在梦外。

花竟开了,开了;

零落的攒集,

从容的舒展,

一朵,那千百瓣!

抖擞那不可言喻的

刹那情绪,

庄严峰顶——

天上一颗星……

晕紫,深赤,

天空外旷碧,

是颜色同颜色浮溢,腾飞……

深沉,

又凝定——

悄然香馥,

① 原载《大公报·文艺副刊》
（1936 年 8 月 30 日）

袅娜一片静。

昼梦

垂着纱，

无从追踪的情绪

开了花；

四下里香深，

低覆着禅寂，

间或游丝似的摇移，

悠忽一重影；

悲哀或不悲哀

全是无名，

一闪娉婷。

二十五年暑中北平

过杨柳①

反复的在敲问心同心，
彩霞片片已烧成灰烬，
街的一头到另一条路，
同是个黄昏扑进尘土。

愁闷压住所有的新鲜，
奇怪街边此刻还看见
混沌中浮出光妍的纷纠，
死色楼前垂一棵杨柳！

二十五年十月一日

冥思①

心此刻同沙漠一样平²
思想像孤独的一个阿拉伯人；
仰脸孤独的向天际望
落日远边奇异的霞光，
安静的，又侧个耳朵听
远处一串骆驼的归铃。

在这白色的周遭中，
一切像凝冻的雕形不动；
白袍，腰刀，长长的头巾，
浪似的云天，沙漠上风！
偶有一点子振荡闪过天线，
残霞边一颗星子出现。

二十五年夏末

①　原载《大公报·文艺副刊》（1936年
12月13日）
②　「心此刻同沙漠一样平」，作者后将
此句改为：「此刻胸前同沙漠一样平。」

空想（外四章）①

终日的企盼企盼正无着落，——
太阳穿窗棂影，种种花样。
暮秋梦远，一首诗似的寂寞，
真怕看光影，花般洒在满墙。

日子悄悄的仅按沉吟的节奏，
尽打动简单曲，像钟摇响。
不是光不流动，花瓣子不点缀时候，
是心漏却忍耐，厌烦了这空想！

你来了

你来了你来了，画里楼阁立在山边，
交响曲，由风到风，草青到天！
阳光投多少个方向，谁管？你，我
如同画里人掉回头，便就不见！
你来了，花开到深深的深红，
绿萍遮住池塘上一层晚梦，
鸟唱着，树梢交织着枝柯，——白云②
却是我们，悠忽翻过几重天空！

① 原载《诗刊》（1936 年 12 月第 3 期）

② 末二行根据作者修改后手稿排印。原发表时为：鸟唱着，树梢头织起细细交柯——白云却是我们，翻过好几重天空

你来了。

你来了，画里楼阁立在山边，
交响曲，由风到风，草专到天、
阳光投身少個方向，谁管？你我
如同画里人、掉回头便就不见！

你来了，花闹到深深的深红，
绿潭进住她塘上一層晓梦，
鸟唱着，树梢式颤着枝桠小白云
却是我们念忽飘過那重天空！……

一九三四

《你来了》手迹

九·一八"闲走

天上今早盖着两层灰，
地上一堆黄叶在徘徊，
惘惘的是我跟着凉风转，
荒街小巷，蛇鼠般追随！

我问秋天，秋天似也疑问我：
在这尘沙中又挣扎些什么，
黄雾扼住天的喉咙，
处处仅剩情绪的残破？

但我不信热血不仍在沸腾；
思想不仍铺在街上多少层；
甘心让来往车马狠命的轧压，
待从地面开花，另来一种完整。

藤花前
  ——独过静心斋

紫藤花开了
轻轻的放着香，
没有人知道……

紫藤花开了

轻轻的放着香，

没有人知道。

楼不管，曲廊不做声，

蓝天里的白云行去，

池子一脉静；

水面散着浮萍，

水底下挂着倒影。

紫藤花开了

没有人知道！

蓝天里白云行去，

小院，

无意中我走到花前。

轻香，风吹过

花心，

风吹过我，——

望着无语，紫色点。

旅途中

我卷起一个包袱走，

过一个山坡子松，

又走过一个小庙门
在早晨最早的一阵风中。
我心里没有埋怨，人或是神；
天底下的烦恼，连我的
拢总，
已像交给谁去，……

前面天空。
山中水那样清，
山前桥那么白净，——
我不知道造物者认不认得
自己图画；
乡下人的笠帽，草鞋，
乡下人的性情。

暑中在山东乡间步行，二十五年夏

红叶里的信念[①]

年年不是要看西山的红叶，
谁敢看西山红叶？不是
要听异样的鸟鸣，停在
那一个静幽的树枝头，
是脚步不能自己的走——
走，迈向理想的山坳子
寻觅从未曾寻着的梦：
一茎梦里的花，一种香，
斜阳四处挂着，风吹动，
转过白云，小小一角高楼。
钟声已在脚下，松同松
并立着等候，山野已然
百般渲染豪侈的深秋。
梦在哪里，你的一缕笑，
一句话，在云浪中寻遍，
不知落到哪一处？流水已经
渐渐的清寒，载着落叶
穿过空的石桥，白栏杆，
叫人不忍再看，红叶去年
同踏过的脚迹火一般。
好，抬头，这是高处，心卷起
随着那白云浮过苍茫，
别计算在哪里驻脚，去，
相信千里外还有霞光，

像希望，记得那烟霞颜色，
就不为编织美丽的明天，
为此刻空的歌唱，空的
凄恻，空的缠绵，也该放
多一点勇敢，不怕连牵
斑驳金银般旧积的创伤！

再看红叶每年，山重复的
流血，山林，石头的心胸
从不倚借梦支撑，夜夜
风像利刃削过大土壤，
天亮时沉默焦灼的唇，
忍耐的仍向天蓝，呼唤
瓜果风霜中完成，呈光彩，
自己山头流血，变坟台！
平静，我的脚步，慢点儿去，
别相信谁曾安排下梦来！
一路上枯枝，鸟不曾唱，
小野草香风早不是春天。
停下！停下！风同云，水同
水藻全叫住我，说梦在
背后，蝴蝶秋千理想的
山坳同这当前现实的
石头子路还缺个牵连！

愈是山中奇妍的黄月光
挂出树尖，愈得相信梦，
梦里斜晖一茎花是谎！

但心不信！空虚的骄傲
秋风中旋转，心仍叫喊
理想的爱和美，同白云
角逐；同斜阳笑吻；同树，
同花，同香，乃至同秋虫
石隙中悲鸣，要携手去；
同奔跃嬉游水面的青蛙，
盲目的再去寻盲目日子，——
要现实的热情另涂图画，
要把满山红叶采作花！

这萧萧瑟瑟不断的呜咽，
掠过耳鬓也还卷着温存，
影子在秋光中摇曳，心再
不信光影外有串疑问！
心仍不信，只因是午后，
那片竹林子阳光穿过
照暖了石头，赤红小山坡，
影子长长两条，你同我
曾经参差那亭子石路前，

浅碧波光老树干旁边!

生命中的谎再不能比这把
颜色更鲜艳!记得那一片
黄金天,珊瑚般玲珑叶子
秋风里挂,即使自己感觉
内心流血,又怎样个说话?
谁能问这美丽的后面
是什么?赌博时,眼闪亮,
从不悔那猛上孤注的力量;
都说任何苦痛去换任何一分,
一毫,一个纤微的理想!

所以脚步此刻仍在迈进,
不能自己,不能停!虽然山中
一万种颜色,一万次的变,
各种寂寞已环抱这孤影:
热的减成微温,温的又冷,
焦黄叶压踏在脚下碎裂,
残酷地散排昨天的细屑,
心却仍不问脚步为甚固执,
那寻不着的梦中路线,——
仍依恋旨不出方向的一边!

西山，我发誓地，指着西山，
别忘记，今天你，我，红叶，
连成这一片血色的伤怆！
知道我的日子仅是匆促的
几天，如果明年你同红叶
再红成火焰，我却不见，……
深紫，你山头须要多添
一缕抑郁热情的象征，
记下我曾为这山中红叶，
今天流血地存一堆信念！

山中[1]

紫色山头抱住红叶，将自己影射在山前，
人在小石桥上走过，渺小的追一点子想念。
高峰外云在深蓝天里镶白银色的光转，
用不着桥下黄叶，人在泉边，才记起夏天！

也不因一个人孤独的走路，路更蜿蜒，
短白墙房舍像画，仍画在山坳另一面，
只这丹红集叶替代人记忆失落的层翠，
深浅团抱这同一个山头，惆怅如薄层烟。

山中斜长条青影，如今红萝乱在四面，
百万落叶火焰在寻觅山石荆草边，
当时黄月下共坐天真的青年人情话，相信
那三两句长短，星子般仍挂秋风里不变。

一九三六年秋

① 原载《大公报·文艺副刊》（1937年1月29日）

十月独行[1]

像个灵魂失落在街边，
我望着十月天上十月的脸。
我向雾里黑影上涂热情
悄悄的看一团流动的月圆。

我也看人流着流着过去来回
黑影中冲着波浪翻星点
我数桥上栏杆龙样头尾
像坐一条寂寞船，自己拉纤。

我像哭，像自语。我更自己抱歉！
自己焦心，同情，一把心紧似琴弦，——
我说哑的，哑的琴我知道，一出曲子
未唱，幻望的手指终未来在上面？

[1] 原载《大公报·文艺副刊》
（1937 年 3 月 7 日）

古城春景①

时代把握不住时代自己的烦恼，——
轻率的不满，就不叫它这时代牢骚——
偏又流成愤怨，聚一堆黑色的浓烟
喷出烟囱，那矗立的新观念，在古城楼对面！

怪得这嫩灰色一片，带疑问的春天
要泥黄色风沙，顺着白洋灰街沿，
再低着头去寻觅那已失落了的浪漫
到蓝布棉帘子，万字栏杆，仍上老店铺门坎？

寻去，不必有新奇的新发现，旧有保障
即使古老些，需要翡翠色甘蔗做拐杖
来支撑城墙下小果摊，那红鲜的冰糖葫芦
仍然光耀，串串如同旧珊瑚，还不怕新时代的尘土。

二十六年春　北平

① 原载《新诗》
（1937年4月2卷1期）

前后[1]

河上不沉默的船
载着人过去了；
桥——三环洞的桥基，
上面再添了足迹；
早晨，
早又到了黄昏，
这赓续
绵长的路……

不能问谁
想望的终点，——
没有终点
这前面。
背后，
历史是片累赘！

林徽因
的诗

[1] 原载《大公报·文艺副刊》（1937年5月16日）

去春①

不过是去年的春天，花香，
红白的相间着一条小曲径，
在今天这苍白的下午，再一次登山
回头看，小山前一片松风
就吹成长长的距离，在自己身旁。

人去时，孔雀绿的园门，白丁香花，
相伴着动人的细致，在此时，
又一次湖水将解的季候，已全变了画。
时间里悬挂，迎面阳光不来，
就是来了也是斜抹一行沉寂记忆，树下。

除夕看花[1]

新从嘈杂着异乡口调的花市上买来，
碧桃雪白的长枝，同红血般的山茶花。
着自己小角隅再用精致鲜艳来结采，
不为着锐的伤感，仅是钝的还有剩余下！

明知道房里的静定，像弄错了季节，
气氛中故乡失得更远些，时间倒着悬挂；
过年也不像过年，看出灯笼在燃烧着点点血，
帘垂花下已记不起旧时热情、旧日的话。

如果心头再旋转着熟识旧时的芳菲，
模糊如条小径越过无数道篱笆，
纷纭的花叶枝条，草看弄得人昏迷，
今日的脚步，再不甘重踏上前时的泥沙。

月色已冻住，指着各处山头，河水更零乱，
关心的是马蹄平原上辛苦，无响在刻画，
除夕的花已不是花，仅一句言语梗在这里，
抖战着千万人的忧患，每个心头上牵挂。

① 原载《大公报·文艺副刊》
（1939 年 6 月 28 日），署名：灰因

诗（三首）①

给秋天

正与生命里一切相同，
我们爱得太是匆匆；
好像只是昨天，
你还在我的窗前！

笑脸向着晴空
你的林叶笑声里染红
你把黄光当金子般散开
稚气，豪侈，你没有悲哀。

你的红叶是亲切的牵绊，那零乱
每早必来缠住我的晨光。
我也吻你，不顾你的背影隔过玻璃！
你常淘气的闪过，却不对我怄怩。

可是我爱的多么疯狂，
竟未觉察凄厉的夜晚
已在背后尾随，——
等候着把你残忍的摧毁！

一夜呼号的风声
果然没有把我惊醒

① 原载《大公报·文艺副刊》
（1947 年 5 月 4 日）

等到太晚的那个早晨
啊。天！你已经不见了踪影。

我苛刻的咒诅自己
但现在有谁走过这里
除却严冬铁样长脸
阴雾中，偶然一见。

人生

人生，
你是一支曲子，
我是歌唱的；

你是可流
我是条船，一片小白帆
我是个行旅者的时候，
你，田野，山林，峰峦。

无论怎样，
颠倒密切中牵连着
你和我，
我永从你中间经过；

我生存，

你是我生存的河道，

理由同力量。

你的存在

则是我胸前心跳里

五色的绚彩

但我们彼此交错

并未彼此留难。

现在我死了，

你，——

我把你再交给他人负担！

展缓

当所有的情感

都并入一股哀怨

如小河，大河，汇向着

无边的大海，——不论

怎么冲急，怎样盘旋，——

那河上劲风，大小石卵，

所做成的几处逆流

小小港湾，就如同

那生命中，无意的宁静
避开了主流；情绪的
平波越出了悲愁。

停吧，这奔驰的血液；
它们不必全然废弛的
都去造成眼泪。
不妨多几次辗转，溯回流水，
任凭眼前这一切撩乱，
这所有，去建筑逻辑。
把绝望的结论，稍稍
迟缓，拖延时间，——
拖延理智的判断，——
会再给纯情感一种希望！

六点钟在下午[①]

用什么来点缀

六点钟在下午?

六点钟在下午

点缀在你生命中,

仅有仿佛的灯光,

褪败的夕阳,窗外

一张落叶在旋转!

用什么来陪伴

六点钟在下午?

六点钟在下午

陪伴着你在暮色里闲坐,

等光走了,影子变换,

一支烟,为小雨点

继续着,无所盼望!

① 原载《经世日报·文艺周刊》（1948年2月22日第58期）

昆明即景[1]

一　茶铺

这是立体的构画，
描在这里许多样脸
在顺城脚的茶铺里
隐隐起喧腾声一片。

各种的姿势，生活
刻划着不同方面：
茶座上全坐满了，笑的，
皱眉的，有的抽着旱烟。

老的，慈祥的面纹，
年轻的，灵活的眼睛，
都暂要时间茶杯上
停住，不再去扰乱心情！

一天一整串辛苦，
此刻才赚回小把安静，
夜晚回家，还有远路，
白天，谁有工夫闲看云影？

不都为着真的口渴，
四面窗开着，喝茶，

跷起膝盖的是疲乏，
赤着臂膀好同乡邻闲话。

也为了放下扁担同肩背
向运命喘息，倚着墙，
每晚靠这一碗茶的生趣
幽默估量生的短长……

这是立体的构画，
设色在小生活旁边，
阴凉南瓜棚下茶铺，
热闹照样的又过了一天！

二　小楼

张大爹临街的矮楼①，
半藏着，半挺着，立在街头，
瓦覆着它，窗开一条缝，
夕阳染红它，如写下古远的梦。

矮檐上长点草，也结过小瓜，
破石子路在楼前，无人种花，
是老坛子，瓦罐，大小的相伴；

① 张大爹临街的矮楼：在初稿中此
句原为：「那上七下八临街的矮楼。」
昆明旧式民居典型制式为底楼高八
尺，二层高七尺

尘垢列出许多风趣的零乱。

但张大爹走过，不吟咏它好；
大爹自己 (上年纪了) 不相信古老。
他拐着杖常到隔壁沽酒，
宁愿过桥，土堤去看新柳!

一串疯话^①

好比这树丁香，几枝山红杏，
相信我的心里留着有一串话，
绕着许多叶子，青青的沉静，
风露日夜，只盼五月来开开花！

如果你是五月，八月里为我吹开
蓝空上霞彩，那样子来了春天，
忘掉腼腆，我定要转过脸来，
把一串疯话全说在你的面前！

① 原载《经世日报·文艺周刊》（1948 年 2 月 22 日第 58 期）

病中杂诗（九首）[1]

小诗（一）

感谢生命的讽刺嘲弄着我，
会唱的喉咙哑成了无言的歌。
一片轻纱似的情绪，本是空灵，
现时上面全打着拙笨补钉。

肩头上先是挑起两担云彩，
带着光辉要在从容天空里安排；
如今黑压压沉下现实的真相，
灵魂同饥饿的脊梁将一起压断！

我不敢问生命现在人该当如何
喘气！经验已如旧鞋底的穿破，
这纷歧道路上，石子和泥土模糊，
还是赤脚方便，去认取新的辛苦。

小诗（二）

小蚌壳里有所有的颜色；
整一条虹藏在里面。
绚彩的存在是他的秘密，
外面没有夕阳，也不见雨点。

黑夜天空上只一片渺茫；
整宇宙星斗那里闪亮，
远距离光明如无边海面，
是每小粒晶莹，给了你方向。

恶劣的心绪

我病中，这样缠住忧虑和烦扰，
好像西北冷风，从沙漠荒原吹起，
逐步吹入黄昏街头巷尾的垃圾堆；
在霉腐的琐屑里寻讨安慰，
自己在万物消耗以后的残骸中惊骇，
又一点一点给别人扬起可怕的尘埃！

吹散记忆正如陈旧的报纸飘在各处彷徨，
破碎支离的记录只颠倒提示过去的骚乱。
多余的理性还像一只饥饿的野狗
那样追着空罐同肉骨，自己寂寞的追着
咬嚼人类的感伤；生活是什么都还说不上来，
摆在眼前的已是这许多渣滓！

我希望：风停了；今晚情绪能像一场小雪，
沉默的白色轻轻降落地上；

雪花每片对自己和他人都带一星耐性的仁慈，
一层一层把恶劣残破和痛苦的一起掩藏；
在美丽明早的晨光下，焦心暂不必再有，——
绝望要来时，索性是雪后残酷的寒流！

写给我的大姊

当我去了，还有没说完的话，
好像客人去后杯里留下的茶；
说的时候，同喝的机会，都已错过，
主客黯然，可不必再去惋惜它。
如果有点感伤，你把脸掉向窗外，
落日将尽时，西天上，总还留有晚霞。

一切小小的留恋算不得罪过，
将尽未尽的衷曲也是常情。
你原谅我有一堆心绪上的闪躲，
黄昏时承认的，否认等不到天明；
有些话自己也还不曾说透，
他人的了解是来自直觉的会心。
当我去了，还有没说完的话，
像钟敲过后，时间在悬空里暂挂，
你有理由等待更美好的继续；

对忽然的终止，你有理由惧怕。
但原谅吧，我的话语永远不能完全，
亘古到今情感的矛盾做成了嘶哑。

一天

今天十二个钟头，
是我十二个客人，
每一个来了，又走了，
最后夕阳拖着影子也走了！
我没有时间盘问我自己胸怀，
黄昏却蹑着脚，好奇的偷着进来！
我说：朋友，这次我可不对你诉说啊，
每次说了，伤我一点骄傲。
黄昏黯然，无言的走开，
孤单的、沉默的，我投入夜的怀抱！

对残枝

梅花你这些残了后的枝条，
是你无法诉说的哀愁！
今晚这一阵雨点落过以后，

我关上窗子又要同你分手。

但我幻想夜色安慰你伤心，
下弦月照白了你，最是同情，
我睡了，我的诗记下你的温柔，
你不妨安心放芽去做成绿荫。

对北门街园子

别说你寂寞；大树拱立，
草花烂漫，一个园子永远
睡着；没有脚步的走响。

你树梢盘着飞鸟，每早云天
吻你额前，每晚你留下对话
正是西山最好的夕阳。

十一月的小村

我想象我在轻轻的独语：
十一月的小村外是怎样个去处？
是这渺茫江边淡泊的天；

是这映红了的叶子疏疏隔着雾；
是乡愁，是这许多说不出的寂寞；
还是这条独自转折来去的山路？
是村子迷惘了，绕出一丝丝青烟；
是那白沙一片篁竹围着的茅屋？
是枯柴爆裂着灶火的声响，
是童子缩颈落叶林中的歌唱？
是老农随着耕牛，远远过去，
还是那坡边零落在吃草的牛羊？
是什么做成这十一月的心，
十一月的灵魂又是谁的病？
山坳子叫我立住的仅是一面黄土墙；
下午透过云霾那点子太阳！
一棵野藤绊住一角老墙头，斜睨
两根青石架起的大门，倒在路旁
无论我坐着，我又走开，
我都一样心跳，我的心前
虽然烦乱，总像绕着许多云彩，
但寂寂一湾水田，这几处荒坟，
它们永说不清谁是这一切主宰
我折一根柱枝，看下午最长的日影
要等待十一月的回答微风中吹来。

忧郁

忧郁自然不是你的朋友；
但也不是你的敌人，你对他不能冤屈!
他是你强硬的债主，你呢？是
把自己灵魂压给他的赌徒。

你曾那样拿理想赌博，不幸
你输了；放下精神最后保留的田产，
最有价值的衣裳，然后一切你都
赔上，连自己的情绪和信仰，那不是自然?

你的债权人他是，那么，别尽问他脸貌
到底怎样! 呀天，你如果一定要看清
今晚这里有盏小灯，灯下你无妨同他
面对面，你是这样的绝望，他是这样无情!

我们的雄鸡

我们的雄鸡从没有以为
自己是孔雀
自信他们鸡冠已够他
仰着头漫步——
一个院子他绕上了一遍
仪表风姿
都在群雌的面前！

我们的雄鸡从没有以为
自己是首领
晓色里他只扬起他的呼声
这呼声叫醒了别人
他经济地保留这种叫喊
（保留那规则）
于是便象征了时间！

一九四八年二月十八日　清华

① 原载《大公报·文艺副刊》
（1933 年 9 月 27 日）

微光①

街上没有光，没有灯，
店廊上一角挂着有一盏；
他和她把他们一家的运命
含糊的，全数交给这暗淡。

街上没有光，没有灯，
店窗上，斜角，照着有半盏。
合家大小朴实的脑袋，
并排儿，熟睡在土炕上。

外边有雪夜，有泥泞；
砂锅里有不够明日的米粮；
小屋，静守住这微光，
缺乏着生活上需要的各样。

缺的是把干柴，是杯水；麦面……
为这吃的喝的，本说不到信仰，——
生活已然，固定的，单靠气力，
在肩臂上边，来支持那生的胆量。

明天，又明天，又明天……
一切都限定了，谁还说希望，——
即使是做梦，在梦里，闪着，
仍旧是这一粒孤勇的光亮？

① 原载《益世报·文学周刊》（1948年8月8日第103期）

街角里有盏灯，有点光，
挂在店廊；照在窗槛；
他和她，把他们一家的运命
明白的，全数交给这凄惨。

二十二年九月

古城黄昏[1]

我见到古城在斜阳中凝神；
城楼望着城楼，
忘却中间一片黄金的殿顶；
十条闹街还散在脚下，
虫蚁一样有无数行人。

我见到古城在黄昏中凝神；
乌鸦噪聒的飞旋，
废苑古柏在困倦中支撑。
无数坛庙寂寞与荒凉，
锁起一座一座剥落的殿门！

我听到古城在薄暮中独语；
僧寺悄寂，熄了香火，
钟声沉下，市声里失去；
车马不断扬起年代的尘土，
到处风沙叹息着历史。

[1] 原载《益世报·文学周刊》
（1948 年 8 月 2 日第 103 期）

桥①

他的使命：

　　　南北两岸莽莽两条路的携手；

他的完成

　　　不挡江月东西，船只上下的交流；

他的肩背

　　　坚定的让脚步上面经过，找各人的路去；

他的胸怀，

　　　虚空的环洞，不把江心洪流堵住。

他是座桥：

　　　一条大胆的横梁，立脚于茫茫水面；

一堆泥石，

　　　辛苦堆积或造形的完美，在自然上边；

一掬理智，

　　　适应无数的神奇，支持立体的纪念；

一次人工，

　　　矫正了造化的疏忽，将隔绝的重新牵连！

他是座桥，

　　　看那平衡两排如同静思的栏杆；

他的力量，

　　　两座桥墩下，多粗壮的石头镶嵌；

他的忍耐，

　　　容每道车辙刻入脚印已磨光的石板；

他的安闲，

　　岁月增进，让钓翁野草随在身旁。

他的美丽，

　　如同山月的锁钥，正见出人类的匠心；

他的心灵，

　　浸入寒波，在一钩倒影里续成圆形。

他的存在，

　　却不为嬉戏的闲情——而为责任；

他的理想，

　　该寄给人生的行旅者一种虔诚。

孤岛[1]

遥望它是充满画意的山峰
远立在河心里高傲的凌耸
可怜它只是不幸的孤岛，——
天然没有埂堤，人工没搭座虹桥。

他同他的映影永为周围的水的囚犯；
陆地于它，是达不到的希望！
早晚寂寞它常将小舟挽住！
风雨时节任江雾把自己隐去。
晴天它挺着小塔，玲珑独对云心；
盘盘石阶，由钟声松林中，超出安静。
特殊的轮廓它苦心孤诣做成，
漠漠大地又哪里去找一点同情？

[1] 原载《益世报·文学周刊》（1947 年 1 月 4 日第 22 期）

郑
敏
的
诗

郑 敏 的 诗

182 音乐

183 怅怅

184 金黄的稻束

185 寂寞

191 村落的早春

193 鹰

194 清道夫

195 荷花（观张大千氏画）

196 Renoir 少女的画像

197 西南联大颂

198 水仙花已经含苞

200 雨夜遐思

202 诗人的心愿——致寻找真和美的人

205 当我坐在窗前——致老友 y.s

206 当微风吹过时

207 冬天的节奏

208 卡拉斯的歌声

209 水不总是温柔的

210 昨夜

211 走在深冬的垂柳下

213 早春的冬树

214 送别冬日

216 心中的声音

217 幽香的话

218 永远的谜

219 捕鲸

220 我不知道

221 追逐阳光

222 叶落花落在深夜

223 生命的距离

225 时间没有现在

227 背向窗外的秋色

228 致诗神

229 告别

231 新与旧

232 影子

233 最后的诞生

236 神交

237 看云

240 在黑夜与黎明之间

242 呼唤

244 生命，多么神奇

245 我的春天的到来

246 流血的令箭荷花

247 开在五月的白蔷薇

248 你是幸运儿，荷花

音乐[1]

站在月光的阴影里，
我的灵魂是清晨的流水，
音乐从你的窗口流出，
却不知你青春的生命
可也是这样的奔向着我？
但若我们闭上了眼睛，
我们却早已在同一个国度，
同一条河里的鱼儿。

[1] 本诗首次发表于《明日文艺》（桂林），1943（1）

怅怅①

我们俩同在一个阴影里，
抚着船栏儿说话，
这秋天的早风真冷！
一回我低头的当儿
仿佛觉得太阳摸我的脸。
呵，我的颊像溶了的雪，
我的心像热了的酒，
我抬头向你喊道：
不，我们俩同在一片阳光里了？
抚着船栏儿说话，
这秋天的太阳真暖！
为什么你只招着手儿微笑呢？
原来一个岸上，一个船里，
那船慢慢朝着
那边有阳光的水上开去了。

① 本诗首次发表于《明日文艺》（桂林），1943（1）

金黄的稻束[1]

金黄的稻束站在
割过的秋天的田里，
我想起无数个疲倦的母亲
黄昏的路上我看见那皱了的美丽的脸
收获日的满月在
高耸的树巅上
暮色里，远山是
围着我们的心边
没有一个雕像能比这更静默。
肩荷着那伟大的疲倦，你们
在这伸向远远的一片
秋天的田里低首沉思
静默。静默。历史也不过是
脚下一条流去的小河
而你们，站在那儿
将成了人类的一个思想。

寂寞①

这一棵矮小的棕榈树，
他是成年的都站在
这儿，我的门前吗？
我仿佛自一场闹宴上回来
当黄昏的天光
照着他独个站在
泥地和青苔的绿光里。
我突然跌回世界，
他的心的顶深处，
在这儿，我觉得
他静静的围在我的四周
像一个下沉着的池塘
我的眼睛，
好像在淡夜里睁开，
看见一切在他们
最秘密的情形里
我的耳朵，
好像突然醒来，
听见黄昏时一切
东西在申说着
我是单独的对着世界。
我是寂寞的。
当白日将没于黑暗，
我坐在屋门口，

① 本诗首次发表于《大公报·星期文艺》（天津），1947年2月23日

在屋外的半天上
这时飞翔着那
在消灭着的笑声，
在远处有
河边的散步
和看见了：
那啄着水的胸腔的燕子，
刚刚覆着河水的
早春的大树。
我想起海里有两块岩石，
有人说它们是不寂寞的；
同晒着太阳，
同激起白沫
同守着海上的寂静，
但是对于我它们
只不过是种在庭院里
不能行走的两棵大树，
纵使手臂搭着手臂，
头发缠着头发；
只不过是一扇玻璃窗
上的两个格子，
永远的站在自己的位子上。
呵，人们是何等的
渴望着一个混合的生命，

假设这个肉体内有那个肉体，
这个灵魂内有那个灵魂，

世界上有哪一个梦
是有人伴着我们做的呢？
我们同爬上带雪的高山，
我们同行在缓缓的河上，
但是谁能把别人
他的朋友，甚至爱人，
那用誓约和他锁在一起的人
装在他的身躯里，
伴着他同
听那生命吩咐给他一人的话，
看那生命显示给他一人的颜容，
感着他的心所感觉的
恐怖、痛苦、憧憬和快乐吗？
在我的心里有许多
星光和影子，
这是任何人都看不见的，
当我和我的爱人散步的时候，
我看见许多魔鬼和神使，
我嗅见了最早的春天的气息，
我看见一块飞来的雨云；
这一刻我听见黄莺的喜悦，

这一刻我听见报雨的斑鸠；

但是因为人们各自

生活着自己的生命，

他们永远使我想起

一块块的岩石，

一棵棵的大树，

一个不能参与的梦。

为什么我常常希望

贴在一棵大树上如一枝软藤？

为什么我常常觉得

被推入一群陌生的人里？

我常常祈求道：

来吧，我们联合在一起

不是去游玩

不是去工作

我是说你也看见吗

在我心里那要来到的一场大雨！

当寂寞挨近我，

世界无情而鲁莽的

直走入我的胸里，

我只有默默望着那丰满的柏树，

想他会开开他那浑圆的身体，

完满的世界，

让我走进去躲躲吗？

但是，有一天当我正感觉

"寂寞"它啮我的心像一条蛇

忽然，我悟道：

我是和一个

最忠实的伴侣在一起，

整个世界都转过他们的脸去，

整个人类都听不见我的招呼，

它却永远紧贴在我的心边，

它让我自一个安静的光线里

看见世界的每一部分，

它让我有一双在空中的眼睛，

看见这个坐在屋里的我；

他的情感，和他的思想。

当我是一个玩玩具的孩童，

当我是一个恋爱着的青年，

我永远是寂寞的；

我们同走了许多路

直到最后看见

"死"在黄昏的微光里

穿着他的长裳

将你那可笑的盼望的眼光

自树木和岩石上取回来罢，

它们都是聋哑而不通信息的，

我想起有人自火的痛苦里

求得"虔诚"的最后的安息，

我也将在"寂寞"的咬啮里

寻得"生命"最严肃的意义，

因为它人们才无论

在冬季风雪的狂暴里，

在发怒的波浪上，

都不息的挣扎着

来吧，我的眼泪，

和我的苦痛的心，

我欢喜知道他在那儿

撕裂，压挤我的心，

我把人类一切渺小，可笑，猥琐

的情绪都掷入他的无边里，

然后看见：

生命原来是一条滚滚的河流。

一九四三年于昆明

村落的早春

我谛视着它：
蜷伏在城市的脚边，
用千百张暗褐的庐顶，
无数片飞舞的碎布
向宁宙描绘着自己
正如住在那里的人们
说着，画着，呼喊着生命
却用他们粗糙的肌肤。
知恩的舌尖从成熟的果实里
体味出：树木在经过
寒冬的坚忍，春天的迷惘
夏季的风雨后
所留下的一口生命的甘美；
同情的心透过
这阳光里微笑着的村落
重看见每一个久雨阴湿的黑夜
当茅顶颤抖着，墙摇摆地
保护着一群人们
贫穷在他们的后面
化成树丛里的恶犬。
但是，现在，瞧它如何骄傲的打开胸怀
像炎夏里的一口井，把同情的水掏给路人
它将柔和的景色展开为了
有些无端被认为愚笨的人，

他们的泥泞的赤足，疲倦的肩

憔悴的面容和被漠视的寂寞的心；

现在，女人在洗衣裳，孩童游戏，

犬在跑，轻烟跳上天空，

更像解冻的河流的是那久久闭锁着的欢欣，

开始缓缓的流了，当他们看见

树梢上，每一个夜晚多添几面

绿色的希望的旗帜。

鹰①

这些在人生里踌躇的人
它应当学习冷静的鹰
它的飞离并不是舍弃
对于这世界的不美和不真

它只是更深更深的
在思虑里回旋
只是更静更静的
用敏锐的眼睛搜寻

距离使它认清了世界
远处的山，近处的水
在它的翅翼下消失了区别

当它决定了它的方向
你看它毅然的带着渴望
从高空中矫捷下降。

① 本诗首次发表于《大公报·星期文艺》（天津），1947年11月23日

清道夫[1]

散开，散开，这痴情的薄雾

快撩起舞台的帘幕

让虚伪的遮掩早些结束

必须呈露的早些呈露

昨天的眼泪，昨天的雨

叹息的风，

忧郁的云

愤怒的雷

就要在今晨的光明里

写下人们迈进的一步；

这地下的废纸，垃圾堆的鼠尸

装满过渴望，而又倾空了的酒瓶

点燃过希望，而又焚尽了的烟头

不禁使我叹息：

那有过的污秽，重新又有

没有过的智慧，仍然没有。

时间推不动这一群人们

像河水卷不走一片滩石。

可惜，可惜

我们不能停止住飞逝的时间

像顽固的山羊缠住了牧羊人。

荷花（观张大千氏画）[①]

这一朵，用它仿佛永不会凋零
的杯，盛满了开花的快乐才立
在那里像耸直的山峰
载着人们忘言的永恒

那一卷，不急于舒展的稚叶
在纯净的心里保藏了期望
才穿过水上的朦胧，望着世界
拒绝也穿上陈旧而褪色的衣裳

但，什么才是那真正的主题
在这一场痛苦的演奏里？这弯着的
一枝荷梗，把花朵深深垂向

你们的根里，不是说风的摧打
雨的痕迹，却因为它从创造者的
手里承受了更多的生，这严肃的负担。

① 本诗首次发表于《大公报·星期文艺》（天津），1947年3月9日

Renoir 少女的画像 [1]

追寻你的人，都从那半垂的眼睛走入你的深处，
它们虽然睁开却没有把光投射给外面的世界，
却像是灵魂的海洋的入口，从那里你的一切
思维又流返冷静的形体，像被地心吸回的海潮

现在我看见你的嘴唇，这样冷酷的紧闭，
使我想起岩岸封锁了一个深沉的自己
虽然丰稔的青春已经从你发光的长发泛出
但是你这样苍白，仍像一个暗澹的早春。

呵，你不是吐出光芒的星辰，也不是
散着芬芳的玫瑰，或是泛滥着成熟的果实
却是吐放前的紧闭，成熟前的苦涩

瞧，一个灵魂先怎样紧紧把自己闭锁
而后才向世界展开，她苦苦地默思和聚炼自己
为了就将向一片充满了取予的爱的天地走去。

[1] 本诗首次发表于《中国新诗》（上海），1948（1）

西南联大颂

你诞生在痛苦中，但是那时
我们抱有希望。正义填满了胸腔
你辞去，在疯狂的欢呼里，但是
自那时开始了更多的苦恼与不祥。

呵，白杨是你年青的手臂，曾这样
向无云的蓝天举起，仿佛对我们允诺
一个同样无云的明天，我们每一个都愿
参与，每一个都愿为它捐舍。

过去了，时间冲走一切幻想，
生活是贪饮的酒徒，急于喝干幼稚的欢快，
忍耐在岁月里也不会发现自己过剩，
我们唯有用成熟的勇敢抵抗历史的冷酷

终于像种子，在成熟时必须脱离母体，
我们被轻轻弹入四周的泥土。
当每一个嫩芽在黑暗中挣扎着生长，
你是那唯一放射在我们记忆里的太阳！

水仙花已经含苞

不知道为什么
在这寒冷的冬夜，
我爱那淡黄的、默默的街灯；
当末班车驶过，载着默默的旅客，
不知道为什么
在薄雾轻罩的郊区，
那路边怒放的冬季黑色枝桠
强烈地吸引着我，
用它那曲曲弯弯的树网，
牢牢地网住了我，
一个装满了沉思的心灵。

我知道在世界的那边
大街灯光如昼，
霓虹灯神经质地跳跃，
拥挤的剧院，不停的车流。
满载的超级市场在
沮丧地等候选购，
但：
那里的天空没有心灵的声音，
那里的泥土似乎忘记了春天的奔放，
那里的琴声匆忙地赶着路程，
那里的握手与心绝缘，
那里的眼睛充满了迷惘，

那里的善良是挤不上车的老人。
哦．我终于知道
为什么我爱那冬夜默默的黄灯，
它微弱而坚强，
引我梦想遥远的未来
那冬季怒放的白杨黑枝
它紧紧偎依着我的土地，
我听到纯洁的心跳，
从冻了的土地里传出。

我不愿催促你，
我的土地，
你会的，你会的，
水仙花已经含苞了。

雨夜遐思[1]

不眠的雨夜，

大地，我守着你，好像

母亲守着一个熟睡的孩子，

你伸手伸脚

脸上带着泥斑、饭痕，

头发凌乱，嘴角痴笑，

你在繁忙的嬉戏中停下。

我们的下一章写什么？

　　　　下一幕演什么？

你玩得疲倦了，

将严肃的幻想像玩具似的丢掉，

倒头便睡，雨在悄悄地湿着大地。

我守着你，守着我心爱的孩子。

我听见那没有声音的雨脚，

脚步从远方到近处，

到我的窗下、到我的心头，

告诉我世界没有休息，

地球仍在太空中浮悬、运转，

生命也不会停下，

时间更是匆忙逝去，

在浑浑的黑暗里，

一切都在变化，在运动，

你也在静止中不停地生长，

童年、少年、青年、壮年……
你的发肤、心灵，并没有停下，
你错误地以为地球、宇宙，都能停下来，
因为你想睡，你想作一个美梦，
你想在梦里像古时的英雄
降服一个蛟龙，铲除人间一切毒害，
你在梦里胜利地微笑了。

但是突然黎明将阳光射进
你的房间，你惊坐起来，
看见被你遗忘了的娃娃，积木，铲子……
世界还是充满了习题，
等着你去解答，
孩子，你只是睡了一觉，
母亲在等着你醒来，
黎明、清晨，在焦急地等待你。
现在你终于开始了
新的一天。

一九七九年早夏

诗人的心愿
——致寻找真和美的人

不要把目光胶着在路边的树上。
不要用汽车代替双脚。
诗人的心愿是：
从山阴，攀着树桠，
蹬着山石，一步步地爬上
山巅，观察那：
半山沉思的松树，
自己欢乐着的小溪，
在秋风里仍然笑着的草菊。

地还没有松软，
铁犁就咬着土地，
一行行啃开黑土，
撒上种子，
掩好浮土。

幽暗的洋底
阳光射不到的海谷里，
埋下电缆，
接通大洋两岸
人们的呼吸与心跳。

美和真

不是在路边能拾到的果子，

不是在地上晒着的谷子，

不是在嘴边挂着的蜜糖，

不是收在口袋里的信件。

谁能只走人人走过的大路，

只晒太阳，

只收听自己

　懂的、爱的、希望的诗和音乐，

而能找到美和真理呢？

流些汗，花些时间，

绞些脑汁，痛苦地思索，

像显微镜观察世界

像望远镜观察天体

真和美就会打开双臂拥抱我们。

究竟是要高山变矮

　　　　大河变浅

进入我狭窄的视野，

还是我们睁大眼睛
去寻找它们?
是要太阳减弱它的光辉,
可怜我们衰弱的视力
还是我们医好自己的目光
去赞美光芒四射的太阳?

这是两扇门,两把钥匙,
一个引向花园,
一个引向坟墓,
我们正在沉思和选择。

一九八〇年冬

当我坐在窗前
——致老友 y · s

当我坐在窗前，当我眺望街上
匆忙中走过的人们，
你的年轻的眼睛会出现在我面前，
朋友，那时我们都那样如醉如痴
青春纵容我们，像一个偏爱的母亲。
我们踏着翠湖堤上的月光，
金银花像诗一样甜，我们好像
走在梦里，汉白玉般的石径，
半掩的木窗，窗后悄悄的细语……

朋友，我们的神经，血管
像绿叶上的脉络，吸着朝露，
当我坐在窗前，当我眺望着
街上匆忙中走过的人们，
不，不是你的眼睛，也不是我的眼睛，
是我们年轻的昨日，它的嫩叶，
它的柔枝，它的诗样的香味，
白木香花的香味，金银花的香味
都还流在我们的血里，颤抖在
我们神经末梢，我们记得
永远记得那有过的年轻的存在。

当微风吹过时

当微风吹过时
白杨的绿条摇晃着千百张新叶
日光一闪一闪的，
是春天在向人们眨眼睛，
银白的背面，
一条条滚动着的小海豚
露出白色的肚子，
感谢，感谢，春天
风使绿叶这样自由自在地
摆动着小小的手掌
每一个孩子都有足够的蓝天。

冬天的节奏

窗外是白雪，直伸向河边
不会消融，风在进行着鳞割。
圣地亚哥的太阳让回忆痛苦
白色不是纯真或神圣或温柔
白色是抽象，是空虚，是幻灭
田鼠躲在地里没有听见
地上的喧嚣。风停了
最热闹的是沉默
打击乐的恐怖节奏
告诉冬眠中的小动物
春天只能带给它们铁犁
一代人有自己的命运
在冬天的节奏里走近。

卡拉斯[①]的歌声

她的声音从热带的深谷里升出
在瑞士的雪峰上化为云雾
她的堂皇的肢体早已无法辨认
深情都凝聚在昙花的硕大白瓣中
当金黄的花蕊吐出时
预告着这里黑夜的结束
在那边，是另一个浓香的黑夜。

一九八八年二月

① 卡拉斯，希腊籍的著名女歌唱家，为 20 世纪 50 世纪代欧美歌剧之后，不幸早逝

水不总是温柔的

水不总是温柔的
柳丝不总是嫩绿的
这眼前一片淡蓝的池冰
用它尖锐的牙齿咬着
顽童投给它的碎石、木桩
在暮霭里，当天边还是粉红色
它只吐出深沉、灰蓝的寒光
它的胸上伤疤处有白色粉屑
人们曾入侵它的宁静的冬天
然而它不再是温柔的
当空气冷到零下十度
它封锁了自己
只让鱼儿在腹腔内漫游
甚至水，也不总是温柔的，
但它不是顽石
它听得见阳光的叩门声

昨夜

昨夜绿色悄悄爬上树梢
　　　从那粗壮的树根
　　　漫出，浸透枯老的树皮
三更时开始洒下春雨

昨夜春天将手伸进
　　　　我的怀里
捉住我的手腕
将我拖出那空洞的树身

翘着大尾巴的松鼠
红胸脯的知更鸟
惊讶地瞪着圆眼睛
和点着头

你说："你有过许多春天
这个也是你的，拿着"

走在深冬的垂柳下

匆忙的赶路的人，
走过深冬的垂柳下
那悬挂的棕色细条
无聊地在寒风中晃荡。
它顽皮地将行人的绒线帽
刮住、摘下、耍弄，
露出那满头青黑的发丝，
这就是它们在等待的，
刮乱，抚弄那春天的头发吧
用它们冬天的，只剩下
指骨的细长的手指，
渴望、渴望，
一次在深冬里和春天的拥吻。

曾经在火和深雪中，
人们关闭了心灵的窗扉，
让眼睛失去它的交流；
走在街上，是走在死亡的边缘，
一个个遗失了灵魂的阴影，
失去声音的脚步，
封闭了瞳孔的眼眶。
行走在火和雪里的鬼，

忽然抚摸到一片回忆，

这是人们悄悄在等待的，

渴望、渴望，

一次在冬天的暴虐里

吻着青春的头发，

在角落里

等待着心灵的复活。

早春的冬树

春天还在东海，
她的微微气息
顺着江、河、海湾，
昨夜来到北京的树梢上，
那分着墨线般细桠的冬树
像神经的末梢，敏感地
颤抖在晨风里。
灰蓝的天空布满了等待，
有着墨色树身的冬树
是从矿层深处伸出来
拥抱阳光的油黑的手臂；
那有着银白树身的白杨
是海豹从海面突然跃起
溅着水珠，笔直上升
让阳光在湿滑的皮肤上
照出一片耀眼的银白。

黑色的，银色的树身
有一股微微的暖流流过
人们神经的末梢：
我们都是早春的冬树。

一九八二年春

送别冬日

冬天在勤劳地织着蚕茧。
透明的丝宫笼罩了城市。

我们在灰白的天空下，
紧张地进行着生命的创造。

立交桥上时间带着漩涡流过，
蠕动的生命慢慢在睡眼里
寻找春天的窗户。

夜降临，
整个蚕茧透明，
深色的炉火
烧在草原般的胸腔里，
游戏在大地多纹的额上。

搓着冻僵的手脚，
我们将从哪扇茧壁
打开窥视春天的窗户？

啊，想到扑搧着翅膀的日子，
北风的呼啸变得可爱了，
是婴孩在啼哭，
人们听着：

期望、焦急、痛苦地等待
最终被啃透的茧壁。

护城河的冰融化了，
微皱的河面
映现稀疏的春天的树影。

一双窥视的眼睛
凝注着流动的河水。

心中的声音

在这仲夏夜晚

心中的声音

好像那忽然飘来的白鹤

用它的翅膀从沉睡中

扇来浓郁的白玉簪芳香

呼唤着记忆中的名字

划出神秘的符号

它在我的天空翻飞，盘旋

留连，迟迟不肯离去

浓郁又洁白，从远古时代

转化成白鹤，占领了我的天空

我无法理解它的符号，无法理解

它为什么活得这么长，这么美

这么洁白，它藐视死亡

有一天会变成夜空的星星

也还是充满人们听不到的音乐

疯狂地旋转，向我飞来

你，我心中的声音在呼唤

永恒的宇宙，无际的黑暗深处

储藏着你的、我的、我们的声音

幽香的话

瓶里的夜百合告诉我
黄昏正在走近
阵阵的幽香
和着暗下去的天光
让我停下倾听
百合的话

夜夜在重复愿望
明知不过是短暂的幽香
却总邀来黄昏的脚步
接着黑暗将她围绕
当月亮照见他们时
已是夜深寂静
只有受启示的夜空
洒下滋润的露水

黎明一再告别
脚步声渐渐走远
雪白的百合在微风中摇曳
不再计算时间
不再等待，不再焦虑
沉入不会醒来的深睡
和梦一样没有体积
在飘渺中离开世界

一九九〇年夏天

永远的谜[1]

喜鹊今早在窗外松树上
叫醒我。久远前
那时它还是一棵未成年的小树
伴着我度过多少恐怖
一个知趣的孩子伴着
痛苦中昏过去的母亲们

如今已是绿叶葱葱
招来喜鹊的歌唱和追求
灾难真的过去了吗？
痛苦的母亲们还能醒来吗？
有多少双眼睛永远阖上？
没有人能告诉我，也许
永远找不到司马迁的笔
为此记下一个真实的数字。

捕鲸[1]

在那浑浊的脑海中
我看见一条白色的鱼
它一再滚翻如船
在风景中，它的白帆
如此勇敢地浮现，我
投出我的鱼网，它欢悦地
跃入那安全的网中
我的童年，它是这样努力
召唤我，一个彷徨者在岸边
寻找绿色，等候阴云散去
当秋天落叶纷纷洒落的时候

[1] 本诗首次发表于《十月》，1998(5)

我不知道[1]

我不知道　天边有什么云彩

我不知道　水里有什么岛屿

我不知道　那擦身而过的行人

　　　　　会不会再次相遇

我不知道　爱情　幸福　痛苦

　　　　　死亡　悲痛　失落

　　　　　在什么转角等待我

我不知道　今生的憾事是否

　　　　　有另一次机会补偿

我不知道　这一切是否都有计划

我不知道　谁在设计着人类的命运

　　　　　地球的寿命

　　　　　宇宙的新生与灭亡

我带着"不知道"来到这世界

也将带着同样的神秘离去

在这永恒的秘密之前

智者与低能没有差别

只有那不知道"不知道"的存在者

是彻悟了的生命宠儿

信仰总是在：

　　　　烟雾缭绕中

信仰只能是：

　　　　雾中的重山。

追逐阳光①

在幽暗的冬日书斋
我捧着吐芽的水仙
追赶不耐烦的日晒
她的一缕金发随意飘迁

比夏日浓绿更魁伟的冬树
任性舒伸它墨色的长臂
越过楼层摘来满天的光束
我为人的无能渺小而自卑

记得曾因拥有灼热光灿的青春
而不屑注视老人步态蹒跚迟缓
只知在生命的富有中挥霍辉煌

现在冬日只吻我用它的冰唇
遍寻不见昨天欢乐舞曲快板
却像乞儿捧着水仙追逐阳光

叶落花落在深夜[①]

轻轻地擦过窗槛

当静坐在冬夜的灯前

提醒你一切存在都有声音

一张迟落的梧桐叶手掌

擦过夜的窗户　带给你

不知如何解答的习题

朦胧　半睡半醒中

意识到　梦还没有走远

瓶里的一朵兰花突然

落在玻璃的桌面上

在完全的黑暗中它在说

一句你似懂非懂的话

在身体里　如月光

汲起潮水　一颤而醒

兰花离开冬天夜之瓶

为它颤抖的不只是

你　小屋　玻璃咖啡桌

是一整个养育万物的宇宙

宇宙每分钟充满声音

微笑在深蓝的海水里

愤怒在高山的风嚎里

是生命就有声音　但哪比得上

这一声　在死寂的深夜

神秘　诡秘　静谧　一个谜

生命的距离^①

告别时无数次拥抱，孩子，也不能
将你再融入我的生命，变成
山坡上的雪，终将融入黄土
陪伴着黄昏松树的孤独

向你伸出手的力量太多，争夺注意
是风自四面八方带来兴奋的消息
我只有引颈倾听，湖边公路电闪雷驰
知道你的车正在繁忙的生存中行驶

多羡慕松树在树荫下把种子飘洒
小松树一天天在近根处长大
共同铺盖苍绿的山峦，无论阴雨晴霁
山风殷切地传递彼此的信息

现在我失去你今天的姿态
高高瘦长的身材
永远幼稚的微笑
只剩下机窗外云层的缥缈

婴儿、幼儿、学童，在母亲的眼里
长存。他们的成人服装下，泥迹、奶迹
不会为世俗的忙碌抹去，机窗外、白云上
你瘦小的昨天飘浮在时间的悲怆上

那逝去的你的影子仍站在风前
操场上，课堂外，马路边
朦胧地走着、踢着石子，难解
这小命运和大命运的结

没有世俗的成熟能永远淹没你的童年
那是我们默默分担的时间
不需要无数次拥抱，那时你是一株
和我们连根的小小松树

一九九五年十月二十日于自美回国机中
十一月三十日晨定稿

时间没有现在①

一

时间没有"现在"
生命忽视正午
早晨探出窗外
眺望一片绿野

每一瓣"现在"都酿着未来
暮色寻找朝霞
唤醒过去的面庞
走出阴影，现在……

母亲的手，架桥的人
"现在"穿过岩洞，我们
每分钟呼吸着现在

但鱼儿又何尝想着蔚蓝的湖海
只是吸着水中的氧，觅食时
潇洒地穿游于水草珊瑚间

二

时间没有现在
现在只在追忆中

是繁忙中被忽视的客人
擦肩而过的相逢

红绿灯、霓虹灯闪烁中
我与现在相遇在街头
当我转过闹市，突然忆起
现在的眼睛。没有接到它的信息

直到白雪皑皑
"现在"是去春的记忆
深埋在冻土中的蝉蜕

现在，无法留下的浪潮
只剩下退潮后，痛苦地望着
深深印在沙上的脚印——昨天

背向窗外的秋色①

用背向着玻璃窗
用背向着窗外的雨
我知道
淡黄的、深棕的树叶
正在萧萧洒下

用背向着窗外的秋色
用想象的眼睛看着
秋天的眼睛
我已接到那无声的信息
人们总必须离去，必须告别
像窗外的落叶
你的陪伴使人们在告别时
不那么难舍，不那么依恋
凭添几分潇洒，几分深意。

菊花在干枯时发出特殊的香味
不知最后的握手将是……
人们的面庞渐渐走远
那最后的一触
对世间将是永久，
永久的秘密
只有那驰向"无限"的灵魂
能回答你的询问
但愿宁静安详是
秋天带给一切人的信息。

① 本诗首次发表于《鸭绿江》，1996（11）

致诗神[1]

猛然我听见召唤
没有时间寻找笔墨
来时如潮泛
去时只是默默

青山也无法挽回
秋水只自己决决
我用目光追随
刹那天外的回响

太空里无时不飘游
你我难以捕捉的踪迹
水只在流时才停留
云只在变时才有意

我听到你的呼吸
风从林间传来消息

告别①

（当一位敬爱的诗人离开尘世时）

一

年龄不能让你沉默
岁月即使是青山重重
也只能回荡你的诗歌
你的感情在时间中汹涌

当"沉思者"来到北京
早春仍然飘着松松的雪
你在病床上阖目静听
那悠扬的是奥菲亚斯的弦乐

你不会带走写在人们心间的乐谱
虽然有一个神秘地带我们无法穿过
将花放在你的床边我们深信

你正在完成无人能读到的诗组
茫茫天水之间你将你的收获
带向彼岸，等待你的是另一个青春和诗神

二

再一次青春，再一次睡醒
你将踩着这片托着你的流水

来到一条幽异的小溪
早春的雪飘飘洒洒如此沉醉

你恍惚记忆，一些乌云，一些暴雨
然而眼前的阳光如此耀眼
万片绿色闪烁着生命的春叶
像细雨洗净你遗留的忧郁

没有依恋没有悲伤
变轻的脚步蹬着
一层层的石阶

眺望那谷中的众生
你惊异自己也曾寄托
无涯的幻想在其间

新与旧①

下斜的屋顶，诉说着它的朝代。
流入历史的排水沟的是它的糟粕。
灰白的屋脊是瘦狗的脊梁，落了毛；
掉了皮，又抹上粉，小门还带着礼帽，
化装成绅士，感叹日愈没落的门庭。

痛苦的枣树，你想逃向哪里？扭着，弯着，
偷偷地探出墙头，外面的笑声又令你吃惊，
小庭院在死去，沉重的脚步声，更迟缓。
安有玻璃的纸窗大睁着眼睛，没有表情，
等着人们将它阖上，安息吧，过去的守灵人！

一群肩着工具的人，几辆推土机，
尘土上天，轰声震地，无情而又深情的
时代建筑者将昨天的图纸撕得粉碎。
随风飘去吧，小院，堂屋，纸窗，枣树……
一层再加一层，再加上一层……

白色的灰石桩深深钉入土地，
一排排一行行是昨天的坟墓。
墓碑上写着主人的历史、婚丧、养育……
历史在驱逐昨天的房客，
大楼伸出无数双手臂，欢迎新来的房客。

一九七九年春

① 本诗原载于《八叶集》，三联书店（香港）与秋水杂志社（美国）联合出版，1984年

影子①

走进房屋，
把影子留在门外。
是一个阳光灿烂的早晨
然而在心灵深处
有一个阳光照不透的水潭
只有阴影在其中嬉戏
我正在寻找一个能够
走进心灵之潭的太阳，
一只能让心灵听见它铃声的
鸽子。

① 本诗为《生活的画面》组诗之一，原载于《诗潮》，2002年3—4月号。

最后的诞生①

有一些怀念
很多犹豫
深处的痛楚
我移步在一条
充满乌云浓雾的桥上
回首频频
那曾久久凝思的森林和原野
然而有一双有力的手
在握住我的手，引我前行
许久，许久以前
正是这双有力的手
将我送入母亲的湖水中
现在还是这双手引导我——
一个脆弱的身躯走向
最后的诞生
它说：放开，放开
你对这个星球
它那飘浮的衣袂
紧握的手指
我回首观看
那已经走完的浓雾之桥
在西岸绚烂的彩霞中
浑圆的落日正沉入
绵延的群峰

① 本诗原载于《诗刊》，2003 年第一期上半月刊

我已告别了第一次的诞生

在久久的沉默和伫立后
一个慈和的声音在说：
"看东方，真正的天宇正在展开"
啊，伟大中的伟大
一片无际的墨蓝夜空
镶着亿万颗闪烁的宝石
那星光似乎可以触摸
我知道我已经完成了
最后的诞生：
一颗小小的粒子重新
飘浮在宇宙母亲的身体里
我并没有消失，
从遥远遥远的星河
我在倾听人类的信息
饥饿带来战争
奢侈繁殖欲望
强者凌欺弱者
培育了恐怖的土壤
人类，你的智慧
正接受严峻的考验
你要向远山深水
　　森林老象猛兽和

　　　飞鸟询问：什么是爱？
回答说：
　"让我们一起歌唱
　那不朽的欢乐颂！"
　我知道
　他们还有
　很长的路要走。

神交①

夜不知什么时候占领了窗外
黑沉沉，郁静得
能听见树的呼吸
羽状的槐树叶吐出太阳的记忆
微光照入室内的无声

忽然听见一双翅膀
撞击在窗上，引起一阵心灵的旋涡
鸽群中哪一个流浪的幼鸽
不安的黑夜让它寻找黎明
我的灯光诱它撞疼了翅膀

却给我的心灵带来一阵眩晕
我真切地听到我们间的秘语，我
和鸽群、槐树、黑黑的深夜。
大自然在它的翅膀下走入
我这混沌迷惘的心灵

翅膀声渐渐远去
我祝福这自然的信使
当太阳真正出来时
那一片白色鸽翅之云
又将飘过我的窗前

看云①

云
永远追不着的
女神
她是如此的
潇洒，宁静
飘然自得

在早夏的晓天
两片形态怡然
曳着长衣的
云和云
花径间闲步
面对面轻语
在我的一杯早茶后
再抬头
已不见踪影
她们什么时候
乘
高处万里的长风
舍人间而去？
只留下一道淡淡的
车痕，云尘……

盛夏，曙光的朦胧中

① 本诗为组诗之一，原载于《人民文学》，2004（5）

东窗外猛然出现

一片墨黑的云山

是谁

在鱼肚白的天际

泼下如此的浓墨

远山威严地注视着我

令我无言，默默体会着

它的没有喷发的愤怒

等待，等待

没有什么比这更是

这时代的感受

傍晚登楼，晚霞烧着了

Ithaca 成片树林上

几只孤鹜穿飞而过

映着几片殷红的衣袂

悬浮在黑暗的树林之上

惊人的鲜艳扑面而来

谁能想到几小时后

黑暗潮水的淹没？

瞬间的美

是痛苦在小睡

旅人干渴时的溪水

梵高的愤怒也只能

静睡在柏树的扭曲中
蒙耐的梦飘在
水莲的朦胧中

云
永远追不着的
女神
你变中的不变
在生命的天空上
用幻象
托着我们沉重的心灵
让它也能在疾风中飘浮
多少痛苦化成细小水滴
含噙在你的眼里
历史告诉我这是
一个充满等待的时代
在伟大到来之前
你这永变的不变
云之女神
我要每天等候你的信息

在黑夜与黎明之间①

黑夜与黎明只是
宇宙永恒的轮替
黑夜与黎明对于
渺小的飞鸟只是
那振翅的一刹那

黑夜与黎明对于
跋涉丘林的人们
是那突来的狂风，
或天赐阳光灿烂
只能沉默地接受

黑夜如此透明
时间卷起地毯
当无边的星空
为我铺开幻想
青春再撒花瓣

黎明蒙上我的眼睛
灵魂进入睡眠之夜
白日是如此的昏暗
回忆之墙上失去那
五彩绚烂古老壁画

① 本诗为组诗之一，原载于《诗潮》，2005 年 3—4 月

我祈祷黑夜长留

让那一页页昨日

如海上浪花翻卷

一位岸上的过客

心随海鸥们飞翔

呼唤^①

你听见过那种呼唤吗?

无论在白天　在黑夜

一阵轻风拂过你的幽谷

一阵微微的细语传过

那树冠的万片碧色碎叶

是诗之神从睡眠中醒来

你听见过那种呼唤吗?

无论在暮霭　在黎明

一只无形的手,纤细的指尖

引起海水无限的鳞纹

传到你的赤足前,闪烁着

一封大海给你的密函

你听见过那种呼唤吗?

在独自的静夜里

从身体的最深处,全黑的

意识之谷里,百鸟齐鸣

虎豹在丛林不安地踏步

你知道是必须执笔的时候了

灵魂的火山失去耐心

炽烈的岩浆照亮夜空

绿树的枝干成了火炬

一条赤龙蜿蜒爬向山下
在大海中喷出似云的雾
终于冷却，一首诗的岩石，永恒。

生命，多么神奇[1]

生命多么神奇
我沉重的石头
化成雄鹰
高高飞越海面

我折叠的山谷被舒展
成平川万里　笑映蓝天
没有躯壳可以拘禁灵魂
诗神的手伸向那里山谷

牵出长流的溪水清澈
多么神奇的诗
反映了
她朦胧的面庞

啊，在痛饮自然的浆液之后
诗，不要把我送回人寰
我已经沉睡太久，请让
我的灵魂从此随风而去

我的春天的到来[①]

你的到来，其实是回顾
每一个春天的青峰绿岭
我登上后，却回首看
那一脉绿色的昨日之山
惊讶于今天更鲜绿的松衫

一枝老古松斜探着身子，向
深谷中凝视，扎根在悬崖，却
无畏无惧，以如此的坚毅
将古老的身躯探向未来，因为
每一分钟的现在都系于未来

我的春天就是生命之动，动
在江河湖海
在生命的高空，与孤鹰同飞
在峰谷与群猴嬉戏
在深海与鱼群出没于珊瑚

那每天有形的起居活动
是雨后投向山群前的幻景
春夏秋冬是一页页的日历
它们的存在是为了不存在，唯有
那不可见的人的心灵足迹，长存

① 本诗为组诗之一，原载于《人民文学》，2007（3）

流血的令箭荷花

只有花还在开
那被刀割过的令箭
在六月的黑夜里
喷出暗红的血，花朵
带来沙漠的愤怒
而这里的心
是汉白玉，是大理石的龙柱
不吸收血迹
在玉石的洁白下
多少呼嚎，多少呻吟
多少苍白的青春面颜
多少疑问，多少绝望
只有花还在开
吐血的令箭荷花
开在六月无声的
沉沉的，闷热的
看不透的夜的黑暗里

开在五月的白蔷薇

死之哀悼
死之恋念
死之悬疑
死在春暮
死在黎明
死在生里

死的雕塑
死的沉寂
死的无穷
没有悔恨
没有犹疑

那最翠绿的枝
最纯白的小花
在死的祭坛上
等候无情的屠宰

开在五月的白蔷薇
世界的弥撒钟声
震惊了外空的星辰
惊问：
是人？神？天使？妖魔？
是嗜血的魔怪嚼碎了
开在五月的白蔷薇。

你是幸运儿，荷花

你是幸运儿，将
纯洁展示给世界
又被泱泱池水保护
即使被顽童践碎
你那肤色的粉白
你也是死于天真的摧毁
像地壳发怒埋葬了庞贝。

有人必须每天把自己涂上
乌鸦的玄色，又像蝙蝠，只在
昏黄的天幕下飞旋
白天躲在阴湿的岩洞
倒悬着自己的良知。

弓箭、子弹不会曲飞
因此并非致命的杀手
言语无孔不久
反弹在愚昧野蛮的意识之壁
从那扇荒芜的墙上飞溅向各方
直到死伤成片，成君，成山
而僵硬了的面孔
还挂着歌颂的笑容
感激的泪水已冻成冰
那没有来得及闭上的眼睛

映着水晶球内的梦想之国

垂幕放下，剧场已空
只余下混乱的回声
是怨魂们的嚎叫
和角色们的台词
疯狂了的乐队
在万古的宇宙间进行
不会消逝的演奏，迫使
我们一遍遍地聆听
不知如何才能将剧情扭转
打断角色的演说

噪音要滤去，寻求和谐
也许是人类的本能
然而只能是无数不和谐的和谐
希望没有熄灭
这也许是生存的另一个本能。

18

II 香山卧佛

你从墓地到摇篮
还是摇篮到墓地？
历史之灵的奥谛
不同于婴儿的思啼。

我聆聆静听无声的佛语
墓地与摇篮却沉入静寂
又屏却无端的来去中
留你我模糊的痕迹。

郑敏手迹

舒婷的诗

舒 婷 的 诗

258　寄杭城

259　致大海

261　珠贝——大海的眼泪

263　船

264　人心的法则

266　也许？——答一位读者的寂寞

267　献给我的同时代人

268　馈赠

270　这也是一切——答一位朋友的《一切》

272　祖国呵，我亲爱的祖国

274　风暴过去之后——纪念渤海2号钻井遇难

278　白天鹅

279　黄昏星

282　会唱歌的鸢尾花

292　四月的黄昏

293　思念

294　自画像

296　致橡树

298　双桅船

299　呵，母亲

301　读给妈妈听的诗

303　怀念——奠外婆

304　神女峰

305　兄弟，我在这儿

307　流水线

308　惠安女子

309　童话诗人——给 G·C

310　水杉

312　眠钟

313　原色

315　禅宗修习地

317　滴水观音

318　残网上的虫蜕

寄杭城

如果有一个晴和的夜晚，
也是那样的风，吹得脸发烫；
也是那样的月，照得人心欢；
呵，友人，请走出你的书房。

谁说公路枯寂没有风光，
只要你还记得那沙沙的足响；
那草尖上留存的露珠儿，
是否已在空气中消散？

江水一定还是那么湛蓝湛蓝，
杭城的倒影在涟漪中摇荡。
那江边默默的小亭子哟，
可还记得我们的心愿和向往？

榕树下，大桥旁
是谁还坐在那个老地方？
他的心是否同渔火一起，
漂泊在茫茫的天上……

1971.5

致大海

大海的日出
  引起多少英雄由衷的赞叹；
大海的夕阳
  招惹多少诗人温柔的怀想。
多少支在峭壁上唱出的歌曲，
  还由海风日夜
   日夜地呢喃；
多少行在沙滩上留下的足迹，
多少次向天边扬起的风帆，
  都被海涛秘密
   秘密地埋葬。

有过咒骂，有过悲伤，
有过赞美，有过荣光。
大海——变幻的生活，
 生活——汹涌的海洋。
哪儿是儿时挖掘的沙穴？
哪里有初恋并肩的踪影？
呵，大海，
就算你的波涛
  能把记忆涤平，
还有些贝壳，
  撒在山坡上
   如夏夜的星。

也许漩涡眨着危险的眼，
也许暴风张开贪婪的口，
呵，生活，
固然你已断送
　　无数纯洁的梦，
也还有些勇敢的人，
　　如暴风雨中
　　　疾飞的海燕。

傍晚的海岸夜一样冷清，
冷夜的巉岩死一般严峻。
从海岸到巉岩，
　　多么寂寞我的影；
从黄昏到夜阑，
　　多么骄傲我的心。

"自由的元素"呵，
任你是佯装的咆哮，
任你是虚伪的平静，
任你掳走过去的一切
　　一切的过去——
这个世界
　　有沉沦的痛苦，
　　也有苏醒的欢欣。

1973.2

珠贝
——大海的眼泪

在我微颤的手心里放下一粒珠贝，
仿佛大海滴下的鹅黄色的眼泪……

当波涛含恨离去，
在大地雪白的胸前哽咽，
它是英雄眼里灼烫的泪，
也和英雄一样忠实，
嫉妒的阳光
　　　终不能把它化作一滴清水；

当海浪欢呼而来，
大地张开手臂把爱人迎接，
它是少女怀中的金枝玉叶，
也和少女的心一样多情，
残忍的岁月
　　　终不能叫它的花瓣枯萎。

它是无数拥抱，
　　　无数泣别，
无数悲喜中
　　　被抛弃的最崇高的诗节；
它是无数雾晨，
　　　无数雨夜，
无数年代里

被遗忘的最和谐的音乐。

撒出去——
　　失败者的心头血，
矗起来——
　　胜利者的纪念碑。
它目睹了血腥的光荣，
它记载了伟大的罪孽。

它是这样丰富，
它的花纹，它的色彩，
包罗了广渺的宇宙，
概括了浩瀚的世界；
它是这样渺小，如我的诗行一样素洁，
风凄厉地鞭打我，
终不能把它从我的手心夺回。

仿佛大海滴下的鹅黄色的眼泪，
在我微颤的手心里放下了一粒珠贝……

1975.1.10

船　　　　一只小船

不知什么缘故

倾斜地搁浅在

荒凉的礁岸上

油漆还没褪尽

风帆已经折断

既没有绿树垂荫

连青草也不肯生长

满潮的海面

只在离它几米的地方

波浪喘息着

水鸟焦灼地扑打翅膀

无垠的大海

纵有辽远的疆域

咫尺之内

却丧失了最后的力量

隔着永恒的距离

他们怅然相望

爱情穿过生死的界限

世纪的空间

交织着万古常新的目光

难道真挚的爱

将随着船板一起腐烂

难道飞翔的灵魂

将终身监禁在自由的门槛

1975.6

人心的法则

为一朵花而死去
是值得的
冷漠的车轮
粗暴的靴底
使春天的彩虹
在所有眸子里黯然失色
既不能阻挡
又无处诉说
那么，为抗议而死去
是值得的

为一句话而沉默
是值得的
远胜于大潮
雪崩似地跌落
这句话
被嘴唇紧紧封锁
汲取一生全部诚实与勇气
这句话，不能说
那么，为不背叛而沉默
是值得的

为一个诺言而信守终身？
为一次奉献而忍受寂寞？

是的，生命不应当随意挥霍
但人心，有各自的法则

假如能够
让我们死去千次百次吧
我们的沉默化为石头
像矿苗
在时间的急逝中指示存在
但是，记住
最强烈的抗议
最勇敢的诚实
莫过于——
活着，并且开口

1976.1.13

也许?

——答一位读者的寂寞

也许我们的心事
　　总是没有读者
也许路开始已错
　　结果还是错
也许我们点起一个个灯笼
　　又被大风一个个吹灭
也许燃尽生命烛照黑暗
　　身边却没有取暖的火

也许泪水流尽
　　土壤更加肥沃
也许我们歌唱太阳
　　也被太阳歌唱着
也许肩上越是沉重
　　信念越是巍峨
也许为一切苦难疾呼
　　对个人的不幸只好沉默

也许
由于不可抗拒的召唤
我们没有其他选择

1979.12

献给我的同代人

他们在天上
愿为一颗星
他们在地上
愿为一盏灯
不怕显得多么渺小
只要尽其可能

唯因不被承认
才格外勇敢真诚
即使像眼泪一样跌碎
敏感的大地
处处仍有
持久而悠远的回声

为开拓心灵的处女地
走入禁区，也许——
就在那里牺牲
留下歪歪斜斜的脚印
给后来者
签署通行证

1980.4

馈赠

我的梦想是池塘的梦想

生存不仅映照天空

让周围的垂柳和紫云英

把我汲取干净吧

缘着树根我走向叶脉

凋谢于我并非伤悲

我表达了自己

我获得了生命

我的快乐是阳光的快乐

短暂，却留下不朽的创作

在孩子双眸里

燃起金色的小火

在种子胚芽中

唱着翠绿的歌

我简单而又丰富

所以我深刻

我的悲哀是候鸟的悲哀

只有春天理解这份热爱

忍受一切艰难失败

永远飞向温暖、光明的未来

啊，流血的翅膀

写一行饱满的诗

深入所有心灵
进入所有年代

我的全部感情
都是土地的馈赠

1980.8

这也是一切
　　——答一位青年朋友的《一切》

不是一切大树
　　都被暴风折断；
不是一切种子
　　都找不到生根的土壤；
不是一切真情
　　都流失在人心的沙漠里；
不是一切梦想
　　都甘愿被折掉翅膀。

不，不是一切
都像你说的那样！

不是一切火焰
　　都只燃烧自己
　　而不把别人照亮；
不是一切星星
　　都仅反指示黑夜
　　而不报告曙光；
不是一切歌声
　　都掠过耳旁
　　而不是留在心上。

不，不是一切
都是像你说的那样！

不是一切呼吁都没有回响；

不是一切损失都无法补偿；

不是一切深渊都是灭亡；

不是一切灭亡都覆盖在弱者头上；

不是一切心灵

　　都可以踩在脚下，烂在泥里；

不是一切后果

　　都是眼泪血印，而不是展现欢容。

一切的现在都孕育着未来，

未来的一切都生长于它的昨天。

希望，而且为它斗争，

请把这一切放在你的肩上。

1977.5

祖国呵，我亲爱的祖国

我是你河边上破旧的老水车，
数百年来纺着疲惫的歌；
我是你额上熏黑的矿灯，
照你在历史的隧洞里蜗行摸索；
我是干瘪的稻穗；是失修的路基；
是淤滩上的驳船
把纤绳深深
勒进你的肩膊；
——祖国呵！

我是贫困，
我是悲哀。
我是你祖祖辈辈
    痛苦的希望呵，
是"飞天"袖间
千百年来未落到地面的花朵
——祖国呵！

我是你簇新的理想，
刚从神话的蛛网里挣脱；
我是你雪被下古莲的胚芽；
我是你挂着眼泪的笑涡；
我是新刷出的雪白的起跑线；
是绯红的黎明

　　正在喷薄；
——祖国呵！

我是你十亿分之一，
是你九百六十万平方的总和；
你以伤痕累累的乳房
喂养了
迷惘的我、深思的我、沸腾的我；
那就从我的血肉之躯上
去取得
你的富饶、你的荣光、你的自由；
——祖国呵
我亲爱的祖国！

1979.4

风暴过去之后
——纪念渤海 2 号钻井船遇难

一

在渤海湾
铅云低垂着挽联的地方
有我七十二名兄弟

在春天每年必经的路上
波涛和残冬合谋
阻断了七十二个人的呼吸

二

七十二双灼热的视线
没能把太阳
从水平线上举起

七十二双钢缆般的臂膀
也没能加固
一小片覆没的陆地

他们像锚一样沉落了
暴风雪
暂时取得了胜利

三

七十二名儿子
使他们父亲的晚年黯淡
七十二名父亲
成为儿子们遥远的记忆

站在岸上远眺的人
终于忧伤地垂下了头
像一个个粗大的问号
矗在港口，写在黄昏
填进未来的航海日记

希望的桅杆上
下了半旗

四

台风早早已经登陆
可是，七十二个人被淹灭的呼吁
在铅字之间
曲曲折折地穿行
终于通过麦克风
撞响了正义的回音壁

盛夏时分

千百万颗心

骤然感到寒意

五

不，我不是即兴创作

一个古罗马的悲剧

我请求人们和我一道深思

我爷爷的身价

曾是地主家的二升小米

我父亲为了一个大写的 " 人 " 字

用胸腔堵住了敌人的火力

难道我仅仅比爷爷幸运些

值两个铆钉，一架机器

六

谁说生命是一片树叶

凋谢了，树林依然充满生机

谁说生命是一朵浪花

消失了，大海照样奔流不息

谁说英雄已被追认

死亡可以被忘记

谁说英雄已被追认

死亡可以被忘记

谁说人类现代化的未来

必须以生命做这样血淋淋的祭礼

七

我希望，汽笛召唤我时

妈妈不必为我牵挂忧虑

我希望，我受到的待遇

不要使孩子的心灵畸曲

我希望，我活着并且劳动

为了别人也为了自己

我希望，若是我死了

再不会有人的良心为之颤栗

最后我衷心地希望

未来的诗人们

不再有这种无力的愤怒

当七十二双

长满海藻和红珊瑚的眼睛

紧紧盯住你的笔

1980.8.6

白天鹅

在北京玉渊潭，一只白天鹅被人枪杀了……

不要对我说：
　　这是一脉污水；一座天然舞厅，
　　我可以轮流在你们肩上做窝。
不要掩盖我。
　　市侩估价羽毛；学者分门别科；
　　情侣们有了象征；海报寻求游客。
不要在夜里睡得太死，
不要相信寂静，寂静或许是阴谋。
如果不能阻止，那么
转过身去！
不要让我看见
你们无所事事的愤怒与惊愕！

不要挽留我的伙伴。
　　当树梢挑起多刺的信号球，
　　让枪声教训他们重新选择自由。
不要把我制成标本。
　　我被击穿的双翼蜷在暖热的血滴中，
　　血滴在尘埃里滚动，冷却成琥珀。
不要哭了，孩子，
当你有一天想变为：
　　一朵云、
　　一只蹦蹦跳跳的小兔子、
　　一艘练习本上的白帆船，
不要忘记我。

1981

黄昏星

一

从红马群似的奔云中升起
　　你蔚蓝而且宁静
　　蔚蓝，而且宁静
仿佛为了告别
　　为了嘱托
短暂的顾盼之间
倾注无限深情

你解开山楂树
　　一支支
　　　　挽留的手臂
依次沉入夜的深渊
我还站在你照耀过的地方
思绪随晚归的鸟雀
　　在霞晕中纷飞
——直至月上松林

让我回答你吧
我答应你；即使没有你做伴
也要摸索着往上攀登
　　永不疲倦
　　永不疲倦

千百次奉献出
与你同样光洁的心

二

这是我的城市
我期待你的来临

烟囱、电缆、鱼骨天线
在残缺不全的空中置网
野天鹅和小云雀都被警告过了
孩子们的画册里只有
麦穗、枪和圆规划成的月亮
于是，他们在晚上做梦

这是我的城市的黄昏
我相信你一定来临

阳光顺着墙根溜走
深黑的钟楼和上漆的新村
都像是临时布景
海傍着礁石沉默着
风傍着棕榈沉默着
这是歌曲里一个小小的停顿

我的城市有无数向你打开的窗户
我的城市有无数瞩望你的眼睛

阳台上的盆花
屋顶上东奔西撞的风筝
甚至小阁楼里
那支不成调的小提琴
在每个人的头上和愿望里
都有一颗属于自己的星

因而我深信你将来临
因而我确信你已来临

1981.7.15

会唱歌的鸢尾花

我的忧伤因为你的照耀
升起 一圈淡淡的光轮
————题记

一

在你的胸前
我已变成会唱歌的鸢尾花
你呼吸的轻风吹动我
在一片叮当响的月光下

用你宽宽的手掌
暂时
覆盖我吧

二

现在我可以做梦了吗
雪地。大森林
古老的风铃和斜塔
我可以要一株真正的圣诞树吗
上面挂满
溜冰鞋、神笛和童话
焰火、喷泉般炫耀欢乐
我可以大笑着在街道上奔跑吗

三

我那小篮子呢
我的丰产田里长草的秋收啊
我那旧水壶呢
我的脚手架下干渴的午休啊
我的从未打过的蝴蝶结
我的英语练习：I love you，love you
我的街灯下折叠而又拉长的身影啊
我那无数次
　　流出来又咽进去的泪水啊

还有
还有

不要问我
为什么在梦中微微转侧
往事，像躲在墙角的蛐蛐
小声而固执地呜咽着

四

让我做个宁静的梦吧
不要离开我

那条很短很短的街
我们已经走了很长很长的岁月

让我做个安详的梦吧
不要惊动我
别理睬那盘旋不去的鸦群
只要你眼中没有一丝阴云

让我做个荒唐的梦吧
不要笑话我
我要葱绿地每天走进你的诗行
又绯红地每晚回到你的身旁

让我做个狂悖的梦吧
原谅并且容忍我的专制
当我说：你是我的！你是我的
亲爱的，不要责备我……

我甚至渴望
　　涌起热情的千万层浪头
　　千万次把你淹没

五

当我们头挨着头
像乘着向月球去的高速列车
世界发出尖锐的啸声向后倒去
时间疯狂地旋转
    雪崩似地纷纷摔落

当我们悄悄对视
灵魂像一片画展中的田野
一涡儿一涡儿阳光
吸引我们向更深处走去
    寂静、充实、和谐

六

就这样
握着手坐在黑暗里
听那古老而又年轻的声音
在我们心中穿来穿去
即使有个帝王前来敲门
你也不必搭理

但是……

七

等等？那是什么？什么声响
唤醒我血管里猩红的节拍
　　在我晕眩的时候
　　永远清醒的大海啊
那是什么？谁的意志
使我肉体和灵魂的眼睛一起睁开
　　"你要每天背起十字架
　　跟我来"

八

伞状的梦
蒲公英一般飞逝
四周一片环形山

九

我情感的三角梅啊
你宁可生生灭灭
回到你风风雨雨的山坡
不要在花瓶上摇曳

我天性中的野天鹅啊
你即使负着枪伤
也要横越无遮拦的冬天
不要留恋带栏杆的春色

然而，我的名字和我的信念
已同时进入跑道
代表民族的某个单项纪录
我没有权利休息
生命的冲刺
没有终点，只有速度

十

向
将要做出最高裁决的天空
我扬起脸

风啊，你可以把我带去
但我还有为自己的心
承认不当幸福者的权利

十一

亲爱的，举起你的灯
照我上路
让我同我的诗行一起远播吧

理想之钟在沼地后面敲响，夜那么柔和
灯光和城市簇在我的臂弯里，灯光拱动着
让我的诗行随我继续跋涉吧
大道扭动触手高声叫嚷：不能通过
泉水纵横的土地却把路标交给了花朵

十二

我走过钢齿交错的市街，走向广场
我走进南瓜棚、走出青稞地、深入荒原
生活不断铸造我
一边是重轭、一边是花冠
却没有人知道
我还是你的不会做算术的笨姑娘
无论时代的交响怎样立刻卷去我的呼应
你仍能认出我那独一无二的声音

十三

我站得笔直

无畏、骄傲，分外年轻

痛苦的风暴在心底

太阳在额前

我的黄皮肤光亮透明

我的黑头发丰洁茂盛

中国母亲啊

给你应声而来的儿女

重新命名

十四

把我叫做你的"桦树苗儿"

你的"蔚蓝的小星星"吧，妈妈

如果子弹飞来

就先把我打中

我微笑着，眼睛分外清明地

从母亲的肩头慢慢滑下

不要哭泣了，红花草

血，在你的浪尖上燃烧

……

十五

到那时候，心爱的人
你不要悲伤
虽然再没有人

　　扬起浅色衣裙

　　穿过蝉声如雨的小巷

　　来敲你的彩镶玻璃窗
虽然再没有淘气的手

　　把闹钟拨响

　　着恼地说：现在各就各位

　　去，回到你的航线上
你不要在玉石的底座上
塑造我简朴的形象
更不要陪孤独的吉他
把日历一页一页往回翻

十六

你的位置
在那旗帜下
理想使痛苦光辉
这是我嘱托橄榄树
留给你的

最后一句话

和鸽子一起来找我吧
在早晨来找我
你会从人们的爱情里
找到我
找到你的
　　　会唱歌的鸢尾花

1981.10.28

四月的黄昏

四月的黄昏
流曳着一组组绿色的旋律
在峡谷低回
在天空游移
要是灵魂里溢满了回响
又何必苦苦寻觅
要歌唱你就歌唱吧，但请
轻轻，轻轻，温柔地

四月的黄昏
仿佛一段失而复得的记忆
也许有一个约会
至今尚未如期；
也许有一次热恋
永不能相许
要哭泣你就哭泣吧，让泪水
流呵，流呵，默默地

1977.5

思念

一幅色彩缤纷但缺线条的挂图，
一题清纯然而无解的代数，
一具独弦琴，拨动檐雨的念珠，
一双达不到彼岸的桨橹。

蓓蕾一般默默地等待，
夕阳一般遥遥地注目，
也许藏有一个重洋，
但流出来，只是两颗泪珠。

呵，在心的远景里
在灵魂的深处。

1978.5

自画像

她是他的小阴谋家。

祈求回答，她一言不发，
需要沉默时她却笑呀闹呀
叫人头眩目花。
她破坏平衡，
她轻视概念，
她像任性的小林妖，
以怪诞的舞步绕着他。

她是他的小阴谋家。

他梦寐以求的，她拒不给予，
他从不想象的，她偏要求接纳。
被柔情吸引又躲避表示；
还未得到就已害怕失去；
自己是一个漩涡，还
制造无数漩涡，
谁也不明白她的魔法。

她是他的小阴谋家。

招之不来，挥之不去，
似近非近，欲罢难罢。

有时像冰山；

有时像火海；

有时像一支无字的歌，

聆听时不知是真是假，

回味里莫辨是甜是辣。

他的，他的，

她是他的小阴谋家。

1977.4

致橡树

我如果爱你——

绝不像攀援的凌霄花，

借你的高枝炫耀自己；

我如果爱你——

绝不学痴情的鸟儿，

为绿荫重复单纯的歌曲；

也不止像泉源，

常年送来清凉的慰藉；

也不止像险峰，

增加你的高度，衬托你的威仪。

甚至日光。

甚至春雨。

不，这些都还不够！

我必须是你近旁的一株木棉，

作为树的形象和你站在一起。

根，紧握在地下，

叶，相触在云里。

每一阵风过，

我们都互相致意，

但没有人

听懂我们的言语。

你有你的铜枝铁干，

像刀，像剑，

也像戟；

我有我红硕的花朵，

像沉重的叹息，

又像英勇的火炬。

我们分担寒潮、风雷、霹雳；

我们共享雾霭、流岚、虹霓，

仿佛永远分离，

却又终身相依。

这才是伟大的爱情，

坚贞就在这里：

爱——

不仅爱你伟岸的身躯，

也爱你坚持的位置，脚下的土地。

1977.3.27

双桅船

雾打湿了我的双翼
可风却不容我再迟疑
岸呵，心爱的岸
昨天刚刚和你告别
今天你又在这里
明天我们将在
另一个纬度相遇

是一场风暴、一盏灯
把我们联系在一起
是另一场风暴、另一盏灯
使我们再分东西
不怕天涯海角
岂在朝朝夕夕
你在我的航程上
我在你的视线里

1979.8

呵，母亲

你苍白的指尖理着我的双鬓，
我禁不住像儿时一样
紧紧拉住你的衣襟。
呵，母亲，
为了留住你渐渐隐去的身影，
虽然晨曦已把梦剪成烟缕，
我还是久久不敢睁开眼睛。

我依旧珍藏着那鲜红的围巾，
生怕浣洗会使它
失去你特有的温馨。
呵，母亲，
岁月的流水不也同样无情？
生怕记忆也一样褪色呵，
我怎敢轻易打开它的画屏？

为了一根刺我曾向你哭喊，
如今带着荆冠，我不敢，
一声也不敢呻吟。
呵，母亲，
我常悲哀地仰望你的照片，
纵然呼唤能够穿透黄土，
我怎敢惊动你的安眠？

我还不敢这样陈列爱的祭品，
虽然我写了许多支歌，
给花、给海、给黎明。
呵，母亲，
我的甜柔深谧的怀念，
不是激流，不是瀑布，
是花木掩映中唱不出歌声的枯井。

1975.8

读给妈妈听的诗

你黯然神伤的琴声
　　已从我梦中的泪弦
　　　　　　远逝

你临熄灭的微笑
　　犹如最后一张叶子
　　在我雾蒙蒙的枝头
　　　　　　颤抖不已

呵，再没有一条小路
能悄悄走进你吗？妈妈
所有波涛和星光
都在你头上永远消失

那个雷雨的下午
你的眼中印着挣扎
　　印着一株
　　羽毛蓬散的棕榈
时隔多年，我才读懂了
　　你留在窗玻璃上的字迹
　　你在被摧毁之前的满腔抗议

呵，无论风往哪边吹
都不能带去我的歌声吗？妈妈

愿所有被你宽恕过的
再次因你的宽恕审判自己

1981.8.4

怀念
——奠外婆

有一种怀念被填进表格
　　已逝的家庭成员
有一种怀念被朱笔描深
　　每年一次，又很快褪浅
有一种怀念聒噪不休
　　像炫耀一笔遗产
有一种怀念已变成民间故事
　　对孩子们讲祖母，多年以前

有一种怀念只是潮湿的眼睛
　　不断翻拍往事的照片
有一种怀念寂寞无声
　　像夏午的浓荫躲满辗转的鸣鸟
有一种怀念是隐秘的小路
　　在那里徘徊，在那里忏悔
有一种怀念五味俱全
　　那是老外公，他因此不久于人间

呵，谢天谢地
被怀念的老人，已
离这一切很远很远

1984.5.5

神女峰

在向你挥舞的各色花帕中
是谁的手突然收回
紧紧捂住了自己的眼睛
当人们四散离去，谁
还站在船尾
衣裙漫飞，如翻涌不息的云
江涛
　　　高一声
　　　　　　低一声

美丽的梦留下美丽的忧伤
人间天上，代代相传
但是，心
真能变成石头吗
为盼望远天的杏鹤
而错过无数次春江月明

沿着江岸
金光菊和女贞子的洪流
正煽动新的背叛
与其在悬崖上展览千年
不如在爱人肩头痛哭一晚

1981.6 于长江

兄弟，我在这儿

夜凉如晚潮
漫上一级级歪歪斜斜的石阶
侵入你的心头
你坐在门槛上
黑洞洞的小屋张着口
蹲在你身后
槐树摇下飞鸟似的落叶
月白的波浪上
小小的金币飘浮

你原属于太阳
属于草原、堤岸、黑宝石的眼眸
你属于暴风雪
属于道路、火把、相扶持的手
你是战士
你的生命铿锵有声
钟一样将阴影从人心震落
风正踏着陌生的步子躲开
他们不愿相信
你还有忧愁

可是，兄弟
我在这儿
我从思念中走来

书亭、长椅、苹果核

在你记忆中温暖地闪烁

留下微笑和灯盏

留下轻快的节奏

离去

沿着稿纸的一个个方格

只要夜里有风

风改变思绪的方向

只要你那只圆号突然沉寂

要求着和声

我就回来

在你肩旁平静地说

兄弟，我在这儿

1980.10

流水线

在时间的流水线里
夜晚和夜晚紧紧相挨
我们从工厂的流水线撤下
又以流水线的队伍回家来
在我们头顶
星星的流水线拉过天穹
在我们身旁
小树在流水线上发呆

星星一定疲倦了
几千年过去
它们的旅行从不更改
小树都病了
烟尘和单调使它们
失去了线条和色彩
一切我都感觉到了
凭着一种共同的节拍

但是奇怪
我惟独不能感觉到
我自己的存在
仿佛丛树与星群
或者由于习惯
对自己已成的定局
再没有力量关怀

1980.1.2

惠安女子

野火在远方，远方
在你琥珀色的眼睛里

以古老部落的银饰
约束柔软的腰肢
幸福虽不可预期，但少女的梦
蒲公英一般徐徐落在海面上
啊，浪花无边无际

天生不爱倾诉苦难
并非苦难已经永远绝迹
当洞箫和琵琶在晚照中
唤醒普遍的忧伤
你把头巾一角轻轻咬在嘴里

这样优美地站在海天之间
令人忽略了：你的裸足
所踩过的碱滩和礁石
于是，在封面和插图中
你成为风景，成为传奇

1981.4

童话诗人

——给 G·C

你相信了你编写的童话
自己就成了童话中幽蓝的花
你的眼睛省略过
病树、颓墙
锈崩的铁栅
只凭一个简单的信号
集合起星星、紫云英和蝈蝈的队伍
向没有被污染的远方
出发

心也许很小很小
世界却很大很大

于是，人们相信了你
相信了雨后的塔松
有千万颗小太阳悬挂
桑椹、钓鱼竿弯弯绷住河面
云儿缠住风筝的尾巴
无数被摇撼的记忆
抖落岁月的尘沙
以纯银一样的声音
和你的梦对话

世界也许很小很小
心的领域很大很大

1980.4

水杉

水意很凉
静静
让错乱的云踪霞迹
　　沉卧于
　　冰清玉洁

落日
廓出斑驳的音阶
　　向浓荫幽暗的湾水
　　逆光隐去的
　　是能够次第弹响的那一只手吗
秋随心淡下浓来
　　　与天　与水
各行其是却又百环千解

那一夜失眠
翻来覆去总躲不过你长长的一瞥
这些年
我天天绊在这道弦上
天天
在你欲明犹昧的画面上
　　醒醒
　　　睡睡

直到我的脚又触到凉凉的

水意

暖和的小南风　穿扦

　　　白蝴蝶

你把我叫做栀子花　且

不知道

　　　你曾有一个水杉的名字

　　　和一个逆光隐去的季节

我不说

我再不必说我曾是你的同类

有一瞬间

那白亮的秘密击穿你

当我叹息着

突然借你的手　凋谢

1985.6.7

眠钟

向往的钟
　　一直
　　不响
音阶如鸟入林
你的一生有许多细密的啁啾

卜告走来走去
敲破人心那些缺口的扑满
倒出一大堆攒积的唏嘘
一次用完

怀念的手指不经许可
伸进你的往事摸索
也许能翻出一寸寸断弦
细细排列
这就是那钟吗
人在黑框里愈加苍白
凤凰木在雨窗外
　　　　兀自
　　　　嫣红

1986 年夏

原色

又回到那条河流
　　黄色的河流
锻直它
汲尽它
让它逶迤在体内一节节展开一节节翻腾
　　然后
　　炸空而去

金色的额珠
从东方到西方
　　划一弧
　　　　火焰与磷光的道路
被许多人向往

灿烂只有一瞬
痛苦却长长一生
谁能永远在天空飞翔
谁能像驯狮
　　穿跃一连串岁月
　　每个日子都是火环
千万只手臂都向壮丽的海面
　　打捞沉月
而从全黑的土壤里
火种

正悄悄绽芽

你可以
再一次征服天空
但
仍然要回到人们脚下

1986.8.15

禅宗修习地

坐成千仞陡壁
面海

送水女人蜿蜒而来
脚踝系着夕阳
发白的草迹
铺一匹金色的软缎
    你们只是浇灌我的影子
    郁郁葱葱的是你们自己的愿望

风，纹过天空
金色银色的小甲虫
抖动纤细的触须，纷纷
在我身边折断
不必照耀我，星辰
被尘世的磨坊研碎过
我重聚自身光芒返照人生

面海
海在哪里
回流于一只日本铜笛的
就是这些
无色无味无知无觉的水吗

冉坐

坐至寂静满盈

看一茎弱草端举群山

长吁一声

胸中沟壑尽去

遂

还原为平地

1986.7 美国旧金山

滴水观音

满脸清雅澄明
微尘不生
双肩的韵律流动
仅 一背影
　　　亦能倾国倾城
人间几度疮痍
为何你总是眼鼻观心
莫非
裸足已将大悲大喜踩定

我取坐姿
四墙绽放为莲
忽觉满天具是慧眼
似闭非闭
既没有
　　　永恒的疑问传去
也没有
　　　永恒的沉默回答
天空的回音壁
只炸鸣着
　　　滴
　　　　　答
从何朝宗指间坠下
那一颗汤圆的智水
穿过千年，犹有
余温

1988

残网上的虫蜕

一

我的记忆当比我的出生
更早设定吨位
逆光潜行
目力难以及近　　就像

星芒着陆还很新鲜锐利
发射它的母体早已死亡
辽阔的空间切断脐带
几万光年后才
疼痛不堪

二

自血脉源头升起，星光
晒出旧照片模糊的背景
被一盏生锈的小油灯所镀亮

一轴山水
一架纺车
银镯子掉在青砖地面的
铿锵

闽南三角洲
拼凑起来不过巴掌大
一竹篮水面
足够端详

三

红狐狸还在祠堂圮墙下
拨动蒿草么
青蛙还抬着流萤绯传的池塘
召开夏季音乐会么

在卡通片里
——孩子们抢答

四

我从哪里来
回不到那里去
我在我生长的城市里
背井离乡

五

心脏搏动的地方
跳跃着
燧石最初的激情
手却触摸不到火光

顺着方言这根藤
摸向族谱那些青黄不接的瓜
拗弯岐指
我就气根匝地

六

委托一只鸟的名字
守着祖坟啼哭
如果没有就编扎一只
不必太哀伤　　类似
祖父的祖父那杆水烟
蹲在八角井栏咕噜咕噜
以祖母的祖母
梨形长乳灌浆的季节
润泽结痂的嘴唇

七

剥去姓氏一层层鳞片
裸露内核
脆弱而又生猛的精卵
我在其中竟走千年
衬着死亡纯黑的根部　荷

通过宿命的露珠
转动太阳的水晶球
乩
前身那段雪白的藕

八

我深信我身体破裂的日子
与月亮有关

荒野，洞穴，岩画
片断地拂过支离镜面
篝火遮暗了
正在举行的祭祀

于是纠结在腹部

每月鲜红酷烈地长啸一次
内容无从求索
仪式孤存

母斑马摇摆
浑圆饱满的臀部隐入丛林
我摇摆着高跟鞋
丰盛而充盈
无数次诞生

九

生于水，我失去了鳃
来之于土，我的脚
未能突破水泥和沥青的封锁
抵达接应的土壤　我

颠沛于
一粒麦种向上顶拱的
惊涛骇浪

十

向肉体缴纳的租金

是这样昂贵
而且无力搬迁

十一

说破真相的人遭诅咒
蝙蝠对黑暗了如指掌因此
不祥

既然家园并非家园
我不是我
有什么必要把硬币抛起
又偷偷翻转

1996.6.29

奔月

与你同样虚幻的春梦
都稍纵即逝？
而你偏不顾一切，投向
不可及的生命之外
即使月儿情愿容你的背叛
犹有寂寞伴你千年

那样巍峨的山岳
不能代你肩起沉重的锁链
你和我赌两青吗——弱
一个美丽的誓言
在千百次演奏之中
永生

1981年9月14日

舒婷手迹

福建女诗人传统

张延文

诗歌选本在诗歌传播活动当中具有较强的目的性和定向性，一本好的诗歌选本在手，可以让读者充分享受阅读带来的快乐。这本以福建女诗人为标的的诗歌选本的出现，在诗歌出版传播史上，意义非凡，可以说是一件创举：这不但是首部地域性的女性诗人诗歌作品的选本，而且，入选的女诗人在整个新诗发展史上，都具有非常重要的地位，入选的作品当中也不乏经典之作。因此，我们可以恭喜拿到这本诗选的读者：您是有福的，您是有眼光的，您的阅读也在无形之中为诗歌另外一种秩序的建立带来了相应的价值。

众所周知，在漫长的中国古代社会里，存在着严重的性别歧视和性别压迫，女性的社会地位低下，基本上被剥夺了通过正规渠道受教育的权利，女性只能通过家庭、青楼、寺观等特殊的方式来接受教育，而且内容也往往是和知识教育无关的日常生活教育。在传统社会，女性基本上被排斥在主流社会生活之外，没有独立的社会政治、经济、文化权力，只能依附于男性。中国是一个诗歌的国度，有诗教的传统，在传统社会里，诗歌也是一种社会伦理教育的重要手段，那么，女子也就自然而然地很难在其中获得地位。在中国古代文学史当中，女诗人寥若晨星，对于诗歌文体的作用也相当有限，除了词曲由于较多和青楼、戏曲等民间文化有关系，受女性的影响相对比较大以外，女诗人在传统的古典诗词当中所占的位置几乎是无足轻重的，无法对诗歌文体的发展起到关键性的作用。虽然自明末之后，士绅家庭的女子读书已蔚为风气，"女子无才便是德"的状况也稍有改善，但有机会受教育的女子毕竟是少数。而自新文化运动之后，女子受教育已经能够被社会公众所接受，这应该说是中国社会进步的重要标志。

新文化运动当中，非常重要的一项内容就是对于诗歌写作方面的改革，新诗应运而生。古典诗歌当中，女诗人的大范围缺席，不能不说是中国传统文化的一大缺憾，对于中华民族文化的影响是难以衡量的，却极少被人真正关注和研究，仿佛本该如此。比较起来，新诗就幸运得多，中国的女性开始在诗歌文体当中占据一席之地，并发挥重要的建设作用，即是从新诗开始的。因此，我们甚至可以说，新诗由于女性创作者的公开登场，成为了中国文学史上从性别文化等角度考虑来说较为完备的文体。这在中国文化史上，具有革命性的意义和价值。

　　新诗发展至今，已近百年，新诗文体日渐趋于成熟、稳定，那么，女诗人的创作到底在其中占据了什么样的位置，或者说女诗人对于诗歌文体的建设起到了什么样的作用？2013 年 3 月，长江文艺出版社推出了诗歌丛书《中国新诗百年大典》。该丛书共分 30 卷，收录了从五四新诗发轫到新世纪以来的三百多位诗人、共计一万多首优秀新诗作品。在三百多位入选者当中，女诗人共有四十多位，占比依然较低；女性在所有诗人群体里，比例有逐步增加的趋势。在新中国成立前的前八卷里，入选的女诗人只有冰心、林徽因、陈敬容、郑敏等四人，而这四人当中，竟然有三人是福建籍贯。而新时期以来，特别是 20 世纪 90 年代以后，女诗人的比例增得特别快。新时期以后，入选的福建籍贯的女诗人有舒婷、安琪和巫昂等三位。福建籍贯的女诗人一共六位，且都颇具分量，贯穿了整个新诗史，形成了耐人寻味的"福建女诗人现象"。这也为我们观察中国女性诗歌传统打开了一扇方便之门。

　　应该说，福建女诗人传统的问题已经逐步为学界和文化界所关注，并有了初步的探析和研究，这也是管窥中国诗歌发展的文化因子的重要渠道。福建代表性的女诗人在现代时期主要包括冰心、林徽因和郑敏，其中冰心和林徽因是同时代的，分别出生于1900年和1904年，也就是清朝末年；而郑敏则出生于 1920 年，民国时期。新时期福建出现朦胧诗人舒婷。其后有安琪、巫昂、巫小茶等人。上述福建不同时期的代表性女诗人，在创作状况、审美取向、艺术风格等方面，都各有特色。这本诗选着重于已经经典化的四位女诗人的作品，对于福建女诗人传统的构建起到了比较重要的奠基作用。通过集中阅读，我们可以发现福建女诗人传统内部发展的脉络，以及和整个新诗发展的关系，发现她们对于诗歌文体秩序重建所起到的影响和作用。

一、冰心与"小诗"体

在新诗初创期，唯一的代表性女诗人就是冰心。1922 年 1 月 1 日、6 日至 26 日，《晨报副镌》连续刊登冰心的小诗《繁星》，引起了极大的反响。3 月 21 日至 6 月 30 日，《晨报副镌》又间续刊登冰心的小诗《春水》。作为五四时期最为著名的副刊之一的《晨报副镌》如此绵密地大幅度地刊发一位年仅 21 岁的女诗人的作品，实属罕见。作为当时新文化阵营的重要的舆论阵地之一，《晨报副镌》非常注重民众的文化需求，在启蒙的同时又有切实的人文关怀。这也间接证明了冰心的"小诗"创作在当时深受大众的喜爱，并且契合新文化运动的诉求。同为民国时期才女的苏雪林在其回忆民国时期作家时，对于冰心和她的"小诗"给出了高度评价，她在《冰心女士的小诗》一文中指出："五四运动发生的两年间，新文学的园地里，还是一片荒芜，但不久便有了很好的收获。第一是鲁迅的小说集《呐喊》，第二是冰心女士的小诗。……于是她更一跃而为第一流的女诗人了。冰心的作品真像沈从文所说'是以奇迹的模样出现'的。"其实，苏雪林独具慧眼的发现并非偶然，冰心之所以能够并没有费功夫于试探，好像靠她那女性特具的敏锐感觉，催眠似地指导自己的径路，就创造出了新诗史上的奇迹，就在于诗歌史上女性诗人的缺乏，这种稀缺性，为女性诗人的写作带来了天然的优势，在女性解放的新文化运动的大背景下，具有得天独厚的优越条件的冰心，自然会与众不同了。

对于冰心的"小诗"，与苏雪林的高度评价相反，其他来自于男士们的评价褒贬不一，甚至有大肆挞伐的。周作人提出的"由个人的诗人成为国民的诗人"，是相当有见地的，这恰恰也切中了冰心"小诗"创作的要义，以个人的，特别是女性的独立立场的方式来作诗，从而达到"国民"的目的。如果说，"小诗"文体本身的确是古已有之，但冰心的"小诗"就其独立的女性立场和国民意识来说，在中国文学史上却是开天辟地的创举。

1923 年 7 月 29 日，梁实秋在《创造周报》发表了名为《繁星与春水》的评论，在梁实秋看来，冰心适合写小说，不适合诗歌写作，本着"治病救人"的态度，他要对冰心指出一条明路。胡适认为，女诗人之所以在量和质上都处于下风，是因为女性情感丰富，而"气力缺乏"，而冰心恰恰相反，没有吸纳女性情感丰富的优点，却偏偏要写"理性"的诗，这就难免舍长取断；特别是冰心的诗不温柔，没有情感。他之所以得出和苏雪林完全相悖的结论，显然是因为囿于个人立场，特别是基于传统的男性意识有关系。事实上，冰心"小诗"的价值恰恰就在于突破了传统对于女性的定位，她独立的立场，理性的态度，是最为难能可贵的。这也说明了，女性想要在新诗当中占据一席之地，面临的压力是非常强大的。梁实秋等人对于冰心和她的"小诗"的看法，在当时还是有一定的代表性的。而周作人本人也创作"小诗"类的作品，所以更容易理解。而就冰心的"小诗"本身来说，除了理性的思考和辨析，并不缺乏真纯炽烈的情感，冰心只是将其通过现代女性的视角进行艺术化的处理，梁实秋等人的不理解，恰恰在于他们对于新女性的话语方式是难以接受的。传统社会里，女性之所以被剥夺受教育的权利，一个重要的目的就是剥夺女性的话语权。女诗人以女性的立场和话语方式来表达自己的感受，男人的霸权的地位遭到了挑战。在文体的秩序里，冰心作为女性的代表，要占据一席之地，改变原有的话语结构。新文化运动标举的"民主"、"科学"，具体到冰心这里，自然是有妇女解放和个人理性的体现。如果说冰心的写作使得看上去不是那么富于梁实秋所谓的"女人味"，那也不过是因为作为一个女诗人，冰心不再像传统女性去依附或者一味地讨好男性而已。这种写作的情态与立场，在中国女性文学史上的价值迄今为止尚未得到全面的认识。过了近百年之后，冰心的"小诗"却重新散发出了迷人的气息，值得我们重新去欣赏和回味。

在冰心的"小诗"里，最为常见的主题是歌颂爱与美，在希腊神话里，爱与梦之神是阿佛洛狄忒，她是爱情和女性之美的象征，主司人间所有美好的情谊。冰心的诗歌充满了女性的魅力，普遍的爱与美惠，纯净的性灵，在希望里氤氲着的淡淡的忧愁和哀伤。在《回顾》里，冰心写到："三个很小的孩子，／一排儿坐在树边的沟沿上，／彼此含笑的看着——等着。／／一个拍着手唱起来，／两个也连忙拍手唱了；／又停止了——／依旧彼此含笑地看着——等着。／／在满街尘土／行人如织里，／他们已创造了自己的天真的世界！／／只是三个平凡的孩子罢了，／却赢得我三番回顾。"孩子有着天真的世界，这世界是他们自己创造的，也是所有人的希望所在。冰心对于"新民"的思想是接受的，特别是对于青少年，她寄予厚望，希望自己的民族和国家可以是纯洁健康，朝气蓬勃。冰心的诗《人间的弱者》写到："本是顽石一般的人，／为着宇宙的庄严，／竟做了人间的弱者。／／本是顽石一般的人，／为着自然的幽深，／竟做了人间的弱者。／／本是顽石一般的人，／为着母亲的温情，／竟做了人间的弱者。／／顽石！／这般冰冷／这样坚凝，／何尝不能在万物中建立自己？／／宇宙——／自然——／母亲——／这几重深厚的圈儿，便稍有些儿的力量，／也何忍将来抵抗！／／'不能'——'何忍'，／本是顽石一般的人，／竟低下了头儿，／做了人间的弱者。"这里"人间的弱者"的意象刻画，具有经典性的价值，"顽石"之于宇宙、自然、母亲放弃了抵抗而自甘受人压迫，这弱者显得因此而庄严、幽深、温情，将力量都化作了博大而无私的爱与忍耐。这里的"顽石"，也许就是中国几千年被压迫、被奴役、被歧视而自愿放弃反抗的女性的象征。对于柔软者的尊重和爱，也体现了冰心自由平等的追求。同时，这首诗也体现了她"非暴力"的倾向。这两首作品虽然不是《繁星》《春水》之中的，与"小诗"的内在精神是一致的，或者说是"小诗"写作的延展与外化。

冰心的"小诗"体，是中国诗歌史上的一个先例：冰心以凝练流畅的口语来写白话诗，让新诗真正进入到民众的视野；她以爱与美惠的意识，独立的女性精神，为新诗带来了开阔而温暖的南方的海洋气息；她女性青春的活力和神秘，融入了新文化运动带来的理性和希望，更新了中国诗歌古老的文化传统。冰心以其"小诗"的创作，为新诗的女诗人传统打下坚实的根基，也是福建女诗人新诗创作的始作俑者，她一开始就震撼了那些一直以男性为中心的男诗人的内心。冰心所提倡的爱的哲学随着大革命的到来，特别是外敌入侵的干扰，遭到了轻视甚至嘲笑。我们必须指出，冰心创作出《繁星》和《春水》时，还是一个涉世未深的女青年，而新诗也刚牙牙学步，从形式到思想上都不可能过于完美。但冰心的"小诗"在经历了近百年的时间检验之后，仍然散发出艺术和思想的魅力，而她的"母爱、童真、自然"的主题，到今天反倒更加显得熠熠生辉，因为，这些对于人性来说，是永恒不变的，也是诗性的起源。冰心以一个青春少女的形象，对于世界做出的观察和思考，独立而自由，是"小诗"的灵魂，也开辟了中国新诗当中别具一格的女性诗歌的艺术传统。

二、林徽因与"新月派"

林徽因，福建闽侯人，出身于清末的官宦家庭。其父林长民早年赴日学习法政，回国后与人创办福州私立法政学堂，并任校长。林长民积极参与辛亥革命，为北洋政府服务，1918 年发起成立国际联合会中国分会，任协会总干事，为国联事务常驻欧洲。1920 年春，林徽因随父赴英求学；秋，与徐志摩相遇，成为朋友。1924 年，林徽因与梁思成去美国留学。1930 年，林徽因患肺病，翌年春在北平的山上静养，开始发表诗歌。在此期间，徐志摩曾多次到访。林徽因的诗歌创作主要是在 20 世纪的 30 — 40 年代，也就是她 27 岁到 45 岁之间的中青年时期。林徽因早年受新月派的徐志摩影响大，并积极参与新月诗社的活动，在徐志摩去世后，逐渐成为后期新月派代表性人物之一。新月派在中国新诗史上，具有重要的作用，受到的评价褒贬不一。蓝棣之在纪念林徽因诞辰 100 周年时著文，声称林徽因是五四新文化运动的产物，是"西方"式的。在蓝棣之看来，林徽因的创作之所以在 20 世纪 80 年代以来，获得了很大的认同，就归因于林诗的"以人为本"的写作宗旨和今日流行的西方文化思潮暗合，而这个"人"是七情六欲的"小写的人"。蓝棣之还总结出了林诗的"核"："就是抒写一位深受西方文化熏陶的新女性在爱情中的体验和成长，从而探索爱情在生命中的意义、诗在人生中的地位。林徽因'开笔'所写的第一首诗《谁爱这不息的变幻》无意之间'预言'了这个'核'，可谓是这个'核'的隐喻：面对恋爱的消失，死亡的痛，以及永恒这个谎言，人的生命是否需要不息的变幻，一刻也不能安定？她试图通过写诗'参透这幻化的轮回'，探索怎样大胆地爱这伟大的变换。"

在具体分析时，蓝棣之指出 1931 年和 1936 年是林徽因诗歌创作最重要的两个年头，两个高潮，或者说是两个中心，分别和两个与她有感情纠葛的两个男人的两段故事有关系。蓝棣之一直在强调的其实无非是林徽因的个人情事，作为一名从新文化运动当中成长起来的新女性，林徽因的诗歌来自于以她为中心的男女关系。这也就是蓝棣之对于林诗反复影射的目的，这让习惯于一个男诗人描绘个人情史的古老传统"蒙羞"。爱情、亲情、友情等人的情感是诗歌的灵魂，爱情更是诗歌最为持久的原动力。为什么到了一个女诗人这里，仿佛就成为一个问题？就要被指责为缺乏公共关怀而富于七情六欲？这种带有性别歧视的诗歌评价显然是有失公允的，这也为诗歌传统当中的女性传统的缺失带来了新的有力的佐证。而林徽因诗歌创作的重要性，也恰恰在于对女性诗歌创作立场的确立的奠基作用，她是女性在诗歌文体秩序建设过程当中至关重要的一环。而新月派诗歌，在血与火的年代里，整体上出现的"零余者"特征，林徽因对其有着清醒的自觉和警惕，她在创作生涯里，对于个人的诗歌作品并没有过分宣传，甚至出版传播时相当谨慎，就是一种证明。对于诗歌，林徽因的态度是严肃的热爱。林徽因自尊心强，地位相对优越，处于当时文坛的中心地带，她的自觉与自省意识使她不至于像蓝棣之所言，会轻易地去抒发个人情感而忽视了大众的需要。林徽因强烈的社会责任感，包括对于诗坛的关注和奉献，不可能让她的创作陷于个人趣味，她只是认为诗人的写作应该是真纯的，表达情感要忠实于个人的内心。林徽因早就参与诗歌活动，却迟至 27 岁才发表她的第一首诗，终其一生也不过留存下来五六十首作品，新中国之后，基本上封笔，可见她对于诗歌写作和时代以及与个人的关系，是清醒的，是自知的。

诗人邵燕祥对于林徽因的评价显然要全面得多，他指出林徽因的诗歌具有鲜明的个人风格，细腻地表现了真挚感情和精微感觉，玲珑剔透，能够历经时间的考验仍然保持着原有的明净与新鲜。林徽因的诗歌的确是个人抒情为主，因为她对于诗歌的抒情性特质非常重视，不愿意轻易去触碰这个底线。由于时代的影响，当时的诗歌创作主潮是为社会，为人生的，这种基于个人的写作，难免会被诟病，但事实上，恰恰是林徽因这样的高度自觉意识，让她避免了落入时代的窠臼，不会因为过于注重"共时性"，而缺乏"历时性"的质素，从而创作出了超越于时代的诗歌作品，使其富于经典的价值。而那些过于重视所谓的公众生活的诗歌，虽然在当时恰逢风云际会，一时风光无量，却慢慢被历史的烟尘所埋没。诗人基于社会大动荡、大变迁时，所能秉持的个人自主性意识，在传统社会里，尤为难能可贵，而林徽因却做到了这一点，作为一个女性，其价值和意义非同寻常。

毫无疑问的是，林徽因的早期诗歌创作深受徐志摩的影响，二者之间的关系除了凡俗的男欢女爱之外，更多的是互相之间的欣赏和尊重，精神上的偎依。徐志摩遭遇空难之后，林徽因写过两篇悼念文章，怀人之中，不免涉及自我，大而化之是对于时代和人性的追问。在第一篇原发于 1931 年 12 月 7 日《北平晨报》的文章《悼志摩》的结尾，林徽因感叹："这里我又来个极难堪的回忆，那一年他在这同一个的报纸上写了那篇伤我父亲惨故的文章，这梦幻似的人生转了几个弯，曾几何时，却轮到我在这风紧夜深里握笔吊他的惨变，这是什么人生？什么风涛？什么道路？志摩，你这最后的解脱未始不是幸福，不是聪明，我该当羡慕你才是。"

人生变故，世事无常，人与人之间的相遇与永别，这尘世之苦，对于林徽因来说，徐志摩和林父的突然死亡，造成了极大的心灵伤害。1935 年 12 月 8 日，林徽因在《大公报·文艺副刊》上发表追悼文章《纪念志摩去世四周年》，文中再次强调了人生的悲剧，这应该说是林徽因发自肺腑的感言，在她看来，生命有着悲哀的基调，她具有反思的意识，明了个人性格与时代之间的冲突，人的身不由己，渺小却不甘沉沦，不愿意随波逐流。作为一个知识女性，她的独立的主体性意识和个人的担当，透着柔软里的坚强。但林徽因毕竟不同于徐志摩，徐志摩是诗化的人生，他敢于去追求个人的理想，而林徽因更多的是把关于自由和梦想的希望放入到诗歌里来吟唱，她用理想将自己密密实实地包裹起来，既带来了现世的安稳，也加深了心灵的苦痛。在这篇文章里，林徽因也评价了徐志摩的诗歌，这里当然也包含有她个人对于诗歌的创作观念，她指出："写诗是惨淡经营，孤立在人中挣扎的勾当"，"我认为我们这写诗的动机既如前面所说那么简单愚诚；因在某一时，或某一刻敏锐地接触到生活上的锋芒，或偶然地触遇到理想峰巅上云彩星霞，不由得不在我们所习惯的语言中，编缀出一两串近于音乐的句子来，慰藉自己，解放自己，去追求超实际的真美，读者的反应一定有一大半也和我们这写诗的一样诚实天真，仅想在我们句子中间由音乐性的愉悦，接触到一些生活的底蕴掺着美丽的憧憬；把我们的情绪给他们的情绪搭起一座浮桥；把我们的灵感，给他们生活添些新鲜；把我们的痛苦伤心再揉成他们自己忧郁的安慰！"在她看来，诗歌是表现人与自然万物相交错时的情绪思想，诗人的创作态度是"诚实天真"的，情感基调是欢欣与忧郁的混融。林徽因重视诗的音乐性和灵感的价值，她的创作立场是基于个人的，同时又要表现个人与自然之间深刻的关联，这种"天人感应"的理念是对于优秀传统的继承，同时，加入了现代女性的独立立场和平等意识，对传统进行了一定程度上的创新。

　　林徽因的诗歌写作，和她的诗歌理念是完全一致的，在艺术的世界里，她是一个大胆而自由的践行者。她发表的第一首诗《谁爱这不息的变幻》无异于个人的艺术宣言："谁爱这不息的变幻，她的行径？／催一阵急雨，抹一天云霞，月亮，／星光、日影，在在都是她的花样。更不容峰峦与江海偷一刻安定。／骄傲的，她奉着那荒唐的使命：看花放蕊树凋零，娇娃做了娘；／叫河流凝成冰雪，天地变了相；／都市喧哗，再寂成广漠的夜静！／虽说千万年在她掌握中操纵，／她不曾遗忘一丝毫发的卑微。／难怪她笑永恒是人们造的谎，／来抚慰恋爱的消失、死亡的痛。但谁又能参透这幻化的轮回，／谁又能大胆的爱过这伟大的变幻？／香山四月十二日"在林诗里，有着神秘意识，个体在幻化的轮回里的自由意志反衬着生命的伟大和美。个人的悲欢离合，在永恒的时空转化里，是不值一提的，但我们恰恰要在这看似不经意的巧合里热爱这份卑微。林徽因在一开始就展现出了大气魄，而非小女儿的惺惺作态，她的诗的基调是冷里衬着热，小中显着大的。在《山中一个夏夜》里写到："山中有一个夏夜，深得／像没有底一样，／黑影，松林密密的；／周围没有点光亮。／对山闪着只一盏灯——两盏／像夜的眼，夜的眼在看！／／满山的风全蹑着脚／像是走路一样，／躲过了各处的枝叶／各处的草，不响。／单是流水，不断的在山谷上／石头的心，石头的口在唱。／／均匀的一片静，罩下／像张软垂的慢帐。／疑问不见了，四角里／模糊，是梦在窥探？／夜像在祈祷，无声的在期待，／幽郁的虔诚在无声里布漫。／一九三一"这首诗有古典美，是现代汉语版的《独坐敬亭山》，其中的意象是女性化的，娇羞与优雅，沉静里的动。

　　如果说，林徽因早期诗歌的写作是动静相宜的，灵动的因素多一些，到了1936年前后，沉思的因素有所增强，创作出了《无题》《题剔空菩提叶》《昼梦》《冥思》《空想》《藤花前（独过静心斋）》等诗篇，宁谧与忧伤的情绪弥漫，玄想中加入了叙述，其中《静坐》一诗颇具代表性："冬有冬的来意，／寒冷像花，——／花有花香，冬有回忆一把。／一条枯枝影，青烟色的瘦细，／在午后的窗前拖过一笔画；／寒里日光淡了，渐斜……就是那样底／像待客人说话／我在静沉中默啜着茶。／十五年冬十一月"这首小诗像是《山中一个夏夜》的深化，迟缓凝重了，像是一幅水墨画，一个古装的东方女子在其中沉静地享受着生活的赐予。这种难得的静默显然是和那个日渐紧张的社会局势所不相符的。在林徽因的第二个创作高峰期里，"静心"是一个大的主题，另外，对于时势，她并非漠然的。比如这首《"九一八"闲走》："天上今早盖着两层灰，／地上一堆黄叶在徘徊，惆惆的是我跟着凉风转，／荒街小巷，蛇鼠般追随！／／我问秋天，秋天似也疑问我！／在这沙尘中又挣扎些什么，／黄雾扼住天的喉咙，／处处仅剩情绪的残破？／／但我不信热血不仍在沸腾；／思想不仍铺在街上多少层；／甘心让来往的车马狠命的轧压，／待从地面开花，另来一种完整。"这首作品发表于1936年底，在残破的山河里，在乱离的人生中，逃难成为当时国人的生活常态，蛇鼠一样生存的境况让诗人时有不甘受辱苟存而竟生死志，但生存与反抗的意志使其最终战胜了凄凉的心境。当时的林徽因，在进行古建筑考察的同时，积极参与和组织文化活动，参与时政。1936年10月，林徽因作为文艺界发起人之一，在《平津文化界对时局的宣言》上签名，向国民党当局提出抗日救亡八项要求。而随着抗日战争的爆发，林徽因的诗歌创作也基本上陷入了停滞。直到抗战即将结束，才迎来了她的第三个创作高峰期。

　　1940年，林徽因肺病复发，卧床四年。1944年稍有好转，是年，作诗《十一月的小村》《忧郁》《哭三弟恒》三首。1945年，大夫告诉林徽因即将不久于人世，在随后的两年多时间里创作出了《对残枝》《对北门街园子》《给秋天》《人生》《展缓》《病中杂诗·小诗（一）、小诗（二）、写给我的大姊、恶劣的心绪》《我们的雄鸡》等，这几乎就是林徽因在病魔的折磨下创作出的最后的诗篇。建国后，林徽因在其余下的六年时光里，把心思全部放在了新中国的建设上，停笔，其中应该也有她对于时势的判断，她的理性让其做出了这种选择性的写作，事实证明她的判断是正确的。1946 年 7 月，林徽因回到北京，在清华大学工作；10 月，梁思成应聘赴美耶鲁大学作访问教授。早在 1937 年前后，林徽因就通过诗歌来反思个人与时代、与历史的关系，来探寻这个古老的灾难深重的民族的命运。在《前后》里，写到："河上不沉默的船／载着人过去了；／桥——三环洞的桥基、／上面再添了足迹；早晨、早又到了黄昏，这赓续／绵长的路……／／不能问谁／想望的终点，——没有终点／这前面，／背后，历史是片累赘！"在《古城春景》里，她写到："时代把握不住时代自己的烦恼。——／轻率的不满，就不叫它这时代牢骚——／偏又流成愤怒，聚一堆黑色的浓烟／喷出烟囱，那矗立的新观念，在古城楼对面！／／怪得这嫩灰色一片，带疑问的春天／要泥黄色风沙，顺着白洋灰街沿，／再低着头去寻觅那已失落了的浪漫／到蓝布棉帘子、万字栏杆，仍上老店铺门槛？／／寻去，不必有新奇的新发现，旧有保障／即使古老些，需要翡翠色甘蔗作拐杖／来支撑城墙下小果摊，那红鲜的冰糖葫芦／仍然光耀，串串如同旧珊瑚，还不怕新时代的尘土。／二十六年春北平。"这两首诗，表达的情绪是复杂的，带有一些反讽，看似迷惘的意趣里却有着立场的坚定，"历史"也好，由于"历史"生发出的"新"、"旧"的观念，对于个人来说，在某种意义上，是一种束缚和困扰；就时代本身，也不免被那些空洞、抽象的概念所局限。切实的人生，鲜活的生命，才是一个民族以及身处其中的个人首先需要去考量的。如果说，这些作品透着迷茫里的光亮，那么，到了 1946 年之后，她作品的格调就显得沉重、滞缓了许多。

　　1947 年 5 月，《大公报·文艺副刊》刊载了林徽因的《诗三首》，在《给秋天》当中，显示出了她面对死亡的威胁，对于个人生命历程当中所发生的愧悔，由之前的自嘲到了诅咒的程度，在被遗弃的孤独和恐慌之中露出了绝望："我苛刻的诅咒自己／但现在有谁走过这里／除却严冬铁样长脸／阴雾中，偶然一见。"在《人生》和《迟缓》

当中，这种负面的情绪就缓和得多，歌唱生命，顺其自然，并在绝望当中获取力量，战胜死亡："停吧，这奔驰的血液；／它们不必全然废弛的／都去造成眼泪。／不妨多几次辗转、潮回流水，／任凭眼前这一切缭乱，／这所有，去建筑逻辑。／把绝望的结论，稍稍／迟缓、拖延时间，——拖延理智的判断，——／会再给纯情感一种希望！"（《迟缓》）1948 年，林徽因发表了《病中杂诗（九首）》，这些诗歌分别创作于 1947 年到 1948 年之间。在"你是这样的绝望，他是这样无情"（《忧郁》）当中，在生命的讽刺和嘲弄里，一个女性，承担起了全部的重压："小蚌壳里有所有的颜色；／整一条虹藏在里面。／绚彩的存在是他的秘密，／外面没有夕阳，也不见雨点。／／黑夜天空上只一片渺茫；／整宇宙星斗那里闪亮，／远距离光明如无边海面，／是每小粒晶莹，给了你方向。"（《小诗（二）》）在残酷的人生面前，她将身体收缩，让灵魂闪光，充满了人性的坚韧和不屈，林徽因通过看似清丽的笔墨为那个血与火的时代留下了空灵、智慧的诗篇，她以理性的价值、独立的立场和高雅的姿态重塑了女性的形象，改变了诗坛的内在秩序，虽然这种改变有可能是延缓的，但它依然会打破时空的局限，超越时代的喧嚣和迷茫，对未来发生强有力的影响。

三、郑敏与"中国新诗派"

袁可嘉在《九叶集》的序言里对于郑敏如此评价："深受德国诗人里尔克的影响，和西方音乐、绘画薰陶的郑敏，善于从客观事物引起深思，通过生动丰富的形象，展开浮想联翩的画幅，把读者引入深沉的境界。"

哲学、音乐、绘画，对于沉思型的女诗人郑敏来说，就是生活本身，但在西南联大时期，主要是哲学。郑敏之所以倾向于冯至，也在于冯至的诗富于哲思。晚年时，郑敏回顾自己的诗歌写作，指出："我在诗歌方面，一直不属于闺房诗歌，不喜欢那种女性创作。我的诗歌跟哲学是近邻，这不是口头语，而是真正的实践。"自始至终，她都保持着思考的习惯，陷于自我。郑敏的诗歌创作对于性别是有意识地超越的，她将个人的日常生活放置于形而上的生活之下，试图从经验的世界里摆脱，通过先验进入到超验的境界。在晚年，郑敏对于新诗的发展历程进行了彻底的反思，希冀从中华民族的文化传统里寻找诗歌的渊源，并在诗歌理论方面进行了深入的探索。郑敏在 20 世纪 40 年代的诗歌写作，对于当时的新诗传统是相对疏离的，由于较多接受西方文化的影响，也无法避免西方新诗的影响。但她独立的生活态度和沉思的习惯，使得她可以避免在时代文化的氛围里泥足深陷，逐步培养了独特的个人艺术风格。在现代时期，对于郑敏的诗歌评论相对较少，除了年龄和资历，也和她较少参与到当时的社会活动有关系。

郑敏如此评价自己早期诗歌写作："我觉得 40 年代出版的《诗集：1942—1947》可以代表我早期的风格。我个人觉得它的优点是在艺术形式上比较完整。当时我还是一个哲学系的学生，继承西方的东西比较多一点，但有一个缺点，那时我并没有深入到社会中去，跟中国社会的深层现象没有矛盾，在艺术上就比较完满。到 1979 年后，我重新写诗的时候，我感到一个最大的矛盾是我必须找到一种新的艺术形式。我后期的诗败笔之处可能就出在艺术方面，但是它的好处就是更接近现实生活了。至于哪些诗是代表呢？我觉得早期的作品中关于画的诗，在艺术上比较完整，另一首比较长的诗《寂寞》，剖析了我的内心。90 年代我写了一首《诗人与死》，也比较完整，我还写过一组《诗的交响》，比较能够融合我的各个方面。其他零散的作品就不太好说了。"郑敏认为，自己早期的作品富于青年人的感性，在艺术上比较完满，但现实性弱，且多受到西方浪漫主义和早期现代主义的影响，而缺乏个人的自主意识。作为一个诗歌理论家，以及横跨多个时期的新诗发展史的亲历者，她的看法显然是非常重要的。

谈到郑敏的题画诗，诗评家张松建指出："郑敏的题画诗《荷花（一幅国画）》《一瞥》《雷诺阿的〈少女画像〉》《兽（一幅画）》

《垂死的高卢人（塑像）》，一望而知走的是里尔克咏物诗的路子：静观万物，沉思默察，从寻常事物体认深邃的哲理，化身为物，移情投入，'遗其貌而取其魄'，从事物的角度去思考，最终获得一种时间消失的、造型艺术般的、凝定于开阔空间中的静态美。"这些评价有一个基调，那就是把郑敏的诗放在哲学的意蕴来考察，放在西方文化传统里去认识，而事实上，这些在中国的传统里也是存在的，观物与移情，本身就是传统诗歌的应有之义。郑敏的这些诗篇创作时间在《诗集一九四二———一九四七》当中较晚的时候，是她在现代时期诗艺和思想都较为成熟的作品，比如这首《一瞥》："Rembrandt: Young Girl at an Open Half-door// 优美的是那消失入阴影的双肩，/ 和闭锁着丰富如果园的胸膛 / 只有光辉的脸庞像一个梦的骤现 / 遥遥的呼应着歇在矮门上的手，纤长。/ 从日历的树上，时间的河又载走一片落叶 / 半垂的眸子，谜样，流露出昏眩的静默 / 不变的从容对于有限的生命也正是匆忙 / 在一个偶然的黄昏，她抛入多变的世界这长住的一瞥。" 这首诗的副标题是"伦勃朗：女孩与半开的门"，17 世纪欧洲伟大的画家伦勃朗善于使用明暗光线的对比来反映人物复杂多变的内心世界，在文艺复兴时期，对于少女心理的刻画，有着思想与个性解放的价值。郑敏的《一瞥》当中，有着自我的内心剖白，一个涉世未深的青年女性，她尚未实现的丰富的生命对于莫测的外部充满着渴望与犹疑，有限的时间在等待当中显示着女性的尊严和矜持。这应该也是即将而立之年却仍然单身的女诗人的自我写照，郑敏将个体的生命放置到时间、生命、世界等大的主题里，扩展了对于女性生活的关照的疆域，同时就扩大了女性生命的价值和意义生发的可能性。

郑敏在西南联大时期的诗歌，也就是她最早创作的作品，如《晚会》《音乐》《云彩》《怅怅》《冬日下午》《濯足》《秘密》《无题》等等，当中都有一个"你"、"他"之类的虚拟的"他者"的存在，这种假想往往代表着倾诉的对象，是诗人向往的"他"或者干脆就是另一个隐含着的自我，想要突破封闭的环境，但却被本我所限制而发生的内心的争吵。《晚会》："我不愿举手敲门，/ 我怕那声音太不温和，/ 有一只回来的小船，/ 不击桨，/ 只等海上晚风，／如若你坐在灯下，／听见门外宁静的呼吸，／觉着有人轻轻挨近……／扔了纸烟，／无声推开大门，／你找见我，等在你的门边。"

这是郑敏现存的处女作，一个少女的羞怯的心思袒露无遗，她是温婉而柔情的，不乏主动性，但这个主动性必须是有对应的，"你"得能够感觉得到"我"，并且把门打开。在《音乐》当中，"我"的灵魂和"你"的灵魂都是自由流动的，有着共同的呼吸和生命的方式。在《怅怅》当中，"我"感到"你"的忽然出现，瞬间温暖乍现，阴霾一扫而空，然而，这只是一个梦境，会在现实的阳光里散开的。这个时期郑敏最为人称道的作品是《金黄的稻束》，原本是其创作的《无题》组诗里的一首。这首作品显得开阔舒缓，诗人从自我当中走了出来，"他者"消失不见了，代之而来的是广漠的原野，超越于人类历史的母性的河流："金黄的稻束站在／割过的秋天的田里，／我想起无数个疲倦的母亲／黄昏的路上我看见那皱了的美丽的脸／收获日的满月在／高耸的树巅上／暮色里，远山是／围着我们的心边没有一个雕像能比这更静默。／肩荷着那伟大的疲倦，你们／在这伸向远远的一片／秋天的田里低首沉思／静默。静默。历史也不过是／脚下一条流去的小河／而你们，站在那儿／将成了人类的一个思想。"

在这首诗里，郑敏展现出了她超卓的知觉能力，通过自由的联想，将大地、稻束、母亲、秋天、黄昏、雕像等丰富的意象放置入人类历史的河流里，通过广泛的对应性关系来获得象征的价值。这首诗从具象的经验向着抽象的世界延伸，并衍化出超验的光辉，这光辉赋予了女性以崇高的美感！

郑敏的《秘密》也是她早期诗歌里的优秀之作："天空好像一条解冻的冰河／当灰云崩裂奔飞；／灰云好像暴风的海上的帆，／风里鸟群自滚着云堆的天上跌没；／在这扇窗前猛地却献出一角蓝天，／仿佛从凿破的冰穴第一次窥见／那长久已静静等在那儿的流水；／镜子似的天空上有春天的影子／一棵不落叶的高树，在它的尖顶上／

冗长的冬天的忧郁如一只正举起翅膀的鸟；／一切，从混沌的合声里终于伸长出一句乐句。／有一个青年人推开窗门，／像是在梦里看见发光的白塔／他举起他的整个灵魂／但是他不和我们在一块儿／他在听：远远的海上，山上，和土地的深处。"这首作品采用了层层递进的表述，将情感推向高潮。在繁复的意象里，逐渐觉醒的生命意识潮涌、迸裂，形成了磅礴的气魄，但这些都是在看似阴沉的忧郁的冬天里隐藏起来，只有敏感、卓越的灵魂才能感应。这既可以理解为对于黑暗的时代即将出现的光明的呼唤，也可以理解为一个青年人对于他的爱人的憧憬和顶礼膜拜。那么，一个女性对于男性的价值，不仅仅是世俗之爱，还有唤醒他的灵魂的非凡的意义。这应该也是郑敏的爱情观，她对于女性生命的价值的思考和认知，远远超出了她处身的那个时代对于人性的理解，具有鲜明的现代性价值。

自西南联大毕业后，郑敏接触到了更为广阔的社会现实，在《Fantasia》《寂寞》《盲者》《战争的希望》《时代与死》《死》《贫穷》《生的美：痛苦，斗争，忍受》等作品里，开始关注战争与死亡、贫穷与正义等大的社会主题。在这些诗篇里，体现了郑敏对于时代的理解，正义是必然要战胜腐朽的，人类精神的力量要比战争的暴力伤害更有长远的作用。生命的美在于原初的纯洁和童真，而这一切都将在母性的圣洁里产生。在《战争的希望》里，诗人将残酷的战争从现实里抽离出来，对于枕藉着的尸体发出了令人惊奇的哲思："自己的，和敌人的身体，／比邻地卧在地上，／看他们搭着手臂，压着／肩膀，是何等的无知亲爱，／当那明亮的月光照下／他们是微弱的闭着眼睛／回到同一个母性的慈怀，／再一次变成纯洁幼稚的小孩。"不以暴制暴，用爱与怜悯来克制人性的恶，这里用最为有力的论证来反对战争，使得这首作品具有了普世性的人文价值。爱与怜悯，痛苦与忍耐，这些看似空洞的超阶级的人道主义，后来成为了被批判的对象，在中国的思想史里，会在合适的环境里再度抽枝发芽。在谈到"贫穷"时，诗人却少有地锋芒毕露地加以批判："假如贫穷也是一份资产／多少人承继了，顺从了它／好忍受风雪饥寒的摧残。／／一天你明了什么是另一个战争／看，那褴褛的衣裳，痛苦的嘴唇／告诉你它的没有光荣，

没有止终。""贫穷"是另一个战争，而且是力量悬殊的战争，没有
希望的战争，"战败者"没有光荣，没有止境，备受羞辱，痛苦不堪。
在郑敏的诗歌里，我们看到了真正的现代性，一个将女性和男性并列，
在人类的高度上去认知，去思想。郑敏对于中国新诗写作，对于女性
诗歌传统的建立，站了一个时代的峰巅，是中国女诗人向着国际化
挺进的先驱力量，有着世界性的文化意义。

四、舒婷与"新诗潮"

新中国成立后到"文革"结束，中国大陆社会出现了一个非常
特殊的时期，文学艺术服务于政治，艺术家为特定的人群和特定的目
的创作，在"以阶级斗争为纲"的年代，诗歌沦为了斗争的工具。在
加强思想控制的同时，对于个人的日常生活也进行了全面的管制，特
别是私生活，不再具有私人性，一个人的性取向和性行为成为了划分
阶级属性的重要标志。作为传统的男性享乐的"工具"的女性，在这
个时期被取消了性别特征，这是进一步压缩普通成年男性的活动自由
和思想自由的有效武器。对于女性来说，这是一个看似无限美好的画
饼，当"不爱红装爱武装"、"铁姑娘"成为时代女性的标志时，当"李
铁梅"和"银环"大唱政治颂歌时，"翻身得解放"的广大妇女却丧
失了独立自由的意志，她们不仅不能带有"小资情调"地去恋爱，对
于"作风问题"导致的生命威胁，让她们在一个"性禁锢"的非常时
期里"谈性色变"，不敢越雷池半步。私人生活失去了私人性，性别
意识和性别取向成为了政治的管控范围。对于女性来说，隐私权更加
重要，对于女性隐私权的剥夺，是对于女性个人权利的变相褫夺。

1979 年《诗刊》4 月号刊登了舒婷的《致橡树》，标志着"新诗潮"
被主流意识形态所认可。《致橡树》从一个普通女性的个人立场出发，
抒发女性对于自由、平等的男女关系，美好、温暖的家庭生活的渴望，

当然，这里面也还是不乏"刀光剑影"、"电闪雷鸣"。很难想象，《致橡树》出自一个 24 岁的女工之手，在 1976 年的社会文化语境里，在爱情诗里弥漫着的硝烟味是浓重的，也赋予了这首特殊时代的爱情诗以卓异的美。"但没有人，听懂我们的言语。"这种先行者的孤独和自豪，以及为了维护个人理想愿意付出生命，经受世俗折磨的勇气，鼓舞了新时期的青年人，进行大胆的思想解放。舒婷的《致橡树》发生的社会影响是难以估量的，在中华民族的心灵史上，是里程碑式的经典之作。

作为在"文革"当中成长起来的一代人，舒婷接受过"贫下中农的再教育"，上山下乡，返城做工。作为一个诗人的舒婷，既和那个时代有着一致的关系，她通过诗歌，以艺术的方式，参与了民族文化历史的形成和发展。同时，她也和那个时代保持了一定的距离，特别是由于家庭的原因，舒婷的父亲在"文革"当中受到过冲击，让她对于集体抒情的立场有着天然的拒斥和怀疑。"朦胧诗"这个群体，大部分人出生于 20 世纪 50 年代，是在新中国的阳光下出生的，是彻彻底底的"红色一代"，经历过新中国成立后所有重要的社会风潮，见证了中国社会几千年来最大的变局。"50 后"经历了一个新的政权巩固期常见的思想控制，对于文人的"铁幕政策"在中国历朝历代已成惯例，只是严重的"反智"倾向再加上对于外来意识形态的全面引入，是前所未有的新变。"新诗潮"代表的社会思潮，应该说是对于"反智"倾向的反驳，但这种反驳同样并不彻底。"新诗潮"有现代性，具体表现为个人主体性意识的觉醒，但这种现代性是以集体主义作为底色的。"新诗潮"在面对传统时，也模棱两可，或者说对于过于深入、宏大的问题，尚缺乏进一步认识的能力。"朦胧诗"诗群的成员，大都有较为独特的个人风格，他们在诗坛登场时处于青年时期，特殊的经历却让他们在政治上趋于成熟，丰富的人生经验和单纯、分裂的幼稚并存，呈现出奇特的思想面貌。

1976 年 1 月 13 日，舒婷创作出了《人心的法则》，这首作品应该是她对于人民群众对周恩来怀念哀思的一种回应。诗中写道："假如能够／让我们死去千次百次吧／我们的沉默化为石头／像矿苗／在时间的急逝中指示存在

／但是，记住／最强烈的抗议／最勇敢的诚实／莫过于——／活着，并且开口。"在当时的社会政治环境下，这样的写作承担的风险是不言而喻的。

对于自己的成名作《致橡树》，舒婷个人并不觉得很理想，以至于曾经排斥过它。谈到自己的诗歌创作，她指出："我遇到的深刻的评论家太晚了，当时能读到的书也太有限，写诗是靠自己的自觉，在有限的营养上种出来的植物肯定不是最漂亮的。"舒婷的创作态度非常严谨认真："自认写诗时在语言上有'洁癖'，追求字词通俗唯美，每次写诗就像被'凌迟'一样，以至一年也不过十首，写《会唱歌的鸢尾花》那个月瘦了五公斤。""新诗潮"发生影响时，是文学的黄金年代，诗歌尤其受到民众狂热的喜爱。舒婷的诗歌的语言特点是很突出的，带有南方语言的软柔和婉转，这对于刚从"阶级斗争"年代里浴火重生的"人民"来说，的的确确是可以起到滋润心灵的作用。舒婷基本上深居简出，过着"隐士"一样的生活，对于名利保持淡然与超脱，甚至一定程度上的拒斥。就像对于别人的赞美，她会天然排斥一样，这种作为一个普通人的心态和立场，是自由平等意识的基础，具有真正的现代性价值。在当代社会的文化生活里，舒婷作为一个知识分子，对于知识分子容易出现的"精英意识"，特别是对所谓的"公共知识分子"的道德和价值立场上的优越感的警惕，更为珍贵，秉持了知识分子的操守和美德。

舒婷在"新诗潮"当中，属于中坚力量，她的诗歌至少在两个方面具有典范意义：首先，舒婷以其特有闽南人的话语特点和抒情方式，以及有意识地和主流话语保持距离的态度，开启了当代新诗里的"南方诗歌"和外省传统；其次，舒婷以其鲜明的女性意识从身体到精神两个方面赓续了新诗当中的女性诗歌传统。当时，大部分诗人迫切地想要表达个人的立场态度，从而导致了语言上的急促和紧张，一方面是顾城式的被"洗脑后"的假装不知道的"伪单纯"，另一方面是北岛式的"觉醒后"的"盗火者"，这种时代的幼稚病，使得"新诗潮"时期的诗歌语言往往是夸饰的，格调激昂，带有强烈的浪漫主义色彩。比较而言，舒婷的诗歌虽然也多多少少沾染了一些时代气象，但整体上是比较和缓的，和平的，和谐的，和而不同的；通过柔媚的、清爽雅洁的语言来营造静美的意境。和其他福建的女诗人不同，舒婷几乎很少离开生她养她的闽南地区，闽南清新的空气、南方的风情孕育了她独特的审美格调，极其纯粹的南方话语使得她的诗歌语言语调多变，柔软舒适，悦耳动听。作为一个一贯集权的国家，文学艺术经常被意识形态化、政治化，处于政治中心地区者更容易获得话语方式上的优越感，这是作为"外省"和"中央"区分的内核，事实上也的确存在南北方文化差异，这种地域性的区别会导致语言使用上的差异。福建、广东等地区，在位置上，处于中国"南方里的南方"，和传统的以秦岭淮河一线为界划分的南北方要要南方得多。亚热带的气候和物产，海洋文化，和北方的风物大有不同，在其间成长起来的舒婷，她诗歌当中出现的这种"南方"的气象，在"新诗潮"当中自成一体，对于习惯了"秋风秋雨愁煞人"的北方读者来说，是耳目一新的。

舒婷诗歌当中的女性意识，一直以来，被学界所关注和热议，论点往往集中在独立、平等的女性意识的觉醒，以及对于传统的伦理观念的反叛上。舒婷诗歌当中的女性意识是特异的，其丰富的内涵需要我们深化分析。对于舒婷来说，"文革"时期的影响是根深蒂固的，比如集体主义的教育，在舒婷的诗歌当中，个人立场的抒情是不明显的，表达的情感和意识也往往是抽象的，基于女性的整体的、观念性的居多，也就是说，她是站在女性的公共立场来发表意见的。舒婷的诗《惠安女子》中写到："野火在远方，远方／在你琥珀色的眼睛里／／以古老部落的银饰／约束柔软的腰肢／幸福虽不可预期，但少女的梦／蒲公英一般徐徐落在海面上／呵，浪花无边无际／／天生不爱倾诉苦难／并非苦难已经永远绝迹／当洞箫和琵琶在晚照中／唤醒普遍的忧伤／你把头巾一角轻轻咬在嘴里／这样优美地站在海天之间／令人忽略了：你的裸足／所踩过的碱滩和礁石／于是，在封面和插图中／你成为风景，成为传奇

/1981年4月。"闽南的惠安，那里的渔女非常有名，首先是服饰，"黄斗笠、花头巾、短上衣、宽筒裤、银腰链"，短到露出肚脐的上装，宽大的灯笼裤，在传统社会里，是非常奇特的。另外，在婚俗上，惠安女往往在十几岁出嫁，但一直要在娘家住到二十几岁才到夫家，这期间每年和丈夫难得一见。舒婷在诗里描绘的"以古老部落的银饰，约束柔软的腰肢"是根据当地的传说得来的。惠安女的服饰和婚俗保留有母系氏族社会的痕迹，她们手臂上所戴的银镯和腰间佩带的银链，据说就是母系社会解体时女人被男性所锁铐的象征。"野火"、"远方"、"古老的部落"、"海"、"裸足"等意象衬托了惠安女的野性的美，原始的素朴；解除对女性压抑了几千年的"约束"，恢复女性的自由和权力，是其中的一个隐含的主题。同时，女性那琥珀色的眼睛、柔软的腰肢、蒲公英一样轻柔的梦，将头巾的一角咬在嘴里的妩媚，表现出对于女性独特的美感，将她们的苦难和忧伤映衬得闪闪夺目。也就是说，这首诗歌歌颂了女性性别特点的美好，对于那个取消女性性别特点的极端社会来说，是基于人性和艺术之美采取的拨乱反正之举。

在创作于1977年的《致橡树》里，舒婷就特别描绘了男女形象的不同："你有你的铜枝铁干／像刀，像剑，／也像戟；／我有我红硕的花朵，／像沉重的叹息，／又像英勇的火炬。"在这里，女性除了英勇之外，还有悲悯的情怀，美好的形象。在《致橡树》里，描绘的爱情主题除了"作为树的形象和你站在一起"的独立之外，还有"坚贞"，爱情的伟大在于"仿佛永远分离，却又终身相依"，这就难免带有一定的"洁净的爱"这样的禁欲意识，应该是受到了"文革"期间宣扬的"灭人欲"思想的影响；而诗的结尾写到："爱——／不仅爱你伟岸的身躯，／也爱你坚持的位置、／足下的土地。"就有政治口号的嫌疑了，从中我们可以发现，舒婷早期诗歌受到的思想禁锢尚未完全消除。1981年，舒婷创作了《惠安女子》和《神女峰》等作品，表现出了不同的主题倾向，对于女性的日常生活，现实的欲望和人权，都给予了高度的重视。在《神女峰》中，舒婷写到："在向你挥舞的各色花帕中／是谁的手突然收回／紧紧捂住了自己的眼睛／当人们四散离去，谁／还站在船尾／衣裙漫飞，如翻涌不息的云／江涛／高一声／低一声／美丽的梦留下美丽的忧伤／人间天上，代代相传／但是，心／真的能变成石头吗／为眺望远天的香鹤／而错过无数次春江明月／／沿着江岸／金光菊和女贞子的洪流／正煽动新的背叛／与其在悬崖上展览千年／不如在爱人肩头痛哭一晚／／1981年6月于长江。"这首诗分三节，第一节讲述游客在江船上参观神女峰时欢欣雀跃，向神女致敬，而"我"却为神女的命运叹息悲伤；第二节对于第一节进行了解释和说明，传说不足为凭，人心不是石头，不能将虚假的观念建立在个人的痛苦与忍耐上；第三节则展望了美好的未来，社会正在发生巨变，虚妄的精神控制和对于女性的摧残必将终结。这首作品批判了中国人盲从的羊群心理，大众缺乏主体性意识，处于懵懂蒙昧的状态，这是长期被压迫欺骗的结果，所幸的是，这种局面就要终结了。这首作品带有思想启蒙和女性解放的双重主题；同时，也向世人展示了一个即将开始的个人欲望时代的来临。

作为新时期的文学和思想双重启蒙意义上的"新诗潮"，像是一个大转折时代的揭幕式，短暂却足够隆重、夺目。舒婷作为"朦胧诗"群体核心成员当中唯一的一名女诗人，在其中所占的位置是非常突出的，她代表着南方的、外省的话语方式和抒情样式；更为重要的是，她以女性的身份，一个带着深深的集体主义时代的烙印的女性，向整个社会发出自己独特的声音。舒婷以她温润、包容的格调，从人性出发，为新时期以来的女性诗歌提供了足够宽广的基石，她不偏不倚，刚从苦难当中挣脱，就像她诗句当中所言："我是你祖祖辈辈痛苦的希望呵"，"我是你簇新的理想"。在一个充满怀疑、愤懑、控诉、反叛的时代氛围里，舒婷以她女性青春特有的宽容、浪漫、幻想，编织出温馨的圣洁的爱的童话。舒婷作为新时期的女性诗人的代表，对于新诗来说，是幸运的，这个根基足够牢固，经得起时间的风蚀。

《水杉》是舒婷创作于1985年6月的一首作品，时值34岁的她开始进入到了稳定的家庭生活当中，这首作品可以说是与《致橡树》具有一定的对应性，是她不同时期对于男女关系的理解。"这些年／我天天绊在这道弦上／天天／在你欲明犹昧的画面上／醒醒／睡睡／直到我的脚又触到凉凉的／水意／暖和的小南风／穿衿／白蝴蝶／你把我叫做栀子花　且／不知道／你曾有一个水杉的名字／和一个逆光隐去的季节／我不说／我再不必说我曾是你的同类／有一瞬间／那白亮的秘密击穿你／当我叹息着／突然借你的手　凋谢"。男女关系在家庭婚姻制度当中占据着核心的地位，从木棉与橡树的关系到栀子花和水杉的对比，从追求平等到凭藉着对方去实现自我的价值，其中蕴涵着非常丰富的生命经验，以及对于两性关系基于家庭伦理现实的理解乃至妥协。生命的秘密，从女性的心灵的秘史的角度透析出来，让人不免唏嘘感喟，产生爱怜之意。这是一首两性和谐之美的佳作，和《致橡树》比较起来，更为温婉纯净，含蓄蕴藉。

舒婷的写作惜墨如金，她总是写写停停，应了"行到水穷处，坐看云起时"的自然与超脱，带有禅悟之通透与优雅。1997年，步入中年的舒婷在德国的柏林创作出组诗《最后的挽歌》，这是她迄今为止的最后一首诗歌作品。其中她以东西方文化对比的视角，讨论了世纪末人类面临的精神困境：生与死、价值与虚无、世俗与信仰等重大的生命主题，诗人用瑰丽的想象力将个人的生命历程溶入到时代的洪流里，展现了东方精神和东方智慧的不同凡响。而对于"新诗潮"时期的自我嬗变，诗中如此描绘："对北方最初的向往／缘于／一棵木棉／无论旋转多远／都不能使她的红唇／触到橡树的肩膀／这是梦想的／最后一根羽毛／你可以擎着它飞翔片刻／却不能结庐终身／然而大漠孤烟的精神／永远召唤着／南国矮小的竹针滚滚北上／他们漂流黄河／圆明园挂霜／二锅头浇得浑身冒烟／敞着衣襟／沿风沙的长安街骑车／学会很多卷舌音／他们把丝吐得到处都是／仍然回南方结茧／我的南方比福建还南／比屋后那一丘雨林／稍大些／不那么湿／每年季风打翻／几个热腾腾鸟巢／溅落千变万化的方言／／对坚硬土质的渴求／改变不了南方人／用气根思想。"通过这些诗篇，我们看到了一个女诗人，"每天经历肉体和词汇的双重死亡"，她超越了性别，跨越了国界，在灵魂深处实现了自我涅槃，抵达荣耀与理想的光明之境。在这首作品里，她特别描写了父亲的形象，并用隐喻的方式来阐释父女关系的社会象征价值。舒婷中年以后的作品，娴熟地进行着从比喻到象征的转换，开启了一扇女性诗人从个体的日常经验进入到公共生活领域的便利之门。

在福建，优秀的当代女诗人还有很多，可以列出一长串名字，比如：伊路、安琪、巫昂、巫小茶、子梵梅、南方狐、荆溪、周莉、张鞍红、吴银兰、冰儿、叶玉琳、林秀美等等。作为福建女诗人群体当中的生生不息的力量，她们充实着福建女诗人的阵容和谱系。由此可见，福建女诗人传统的出现绝非偶然，是有丰富的地域文化积淀作为基石的，而且，这种良好的传统一旦形成，就会发生顽强的延续力，作为重要的文化因子，影响着福建人的精神生活。

自冰心起，福建女性诗歌基本上横贯整个新诗史，每当新诗发展到了重要的转折关口，总会有优秀的福建女诗人挺身而出，承担起相当大的建设作用。福建女诗人，往往能够开女性诗歌风气之先，在诗歌的审美导向、文体形式上多有创举，形成了令人叹为观止的"福建女诗人传统"。我们不妨将其称之为——新诗史上的"福建女诗人现象"。作为新诗发展当中的另外一种力量，以冰心、林徽因、郑敏、舒婷为代表的福建女诗人，以其卓越的才华和人格魅力，创造出了大量的经典的诗歌作品，在地域、时代、民族等各个方面发生着广阔的联系和价值，为变革当中的新的更为合理与健康的诗歌文体秩序的形成乃至文化秩序的形成提供了不可缺少的精神力量。这本诗歌选本，将会为合理健康的文化生态的发生、发展，带来一股温暖而清新的八闽之风，如甘如醴，如君子行。

图书在版编目（CIP）数据

菩提树下清荫则是去年 / 谢冕主编 . —— 福州 : 海峡书局 , 2015.10

ISBN 978-7-5567-0109-4

Ⅰ.①菩… Ⅱ.①谢… Ⅲ.①诗集－中国－当代Ⅳ.① I227

中国版本图书馆 CIP 数据核字 (2015) 第 134254 号

出 版 人：林　彬
策　　划：林　彬
责任编辑：魏　芳

菩提树下清荫则是去年
PUTISHUXIA QINGYIN ZESHI QUNIAN

主　　编：谢　冕
作　　者：冰　心　林徽因　郑　敏　舒　婷
出版发行：海峡出版发行集团
　　　　　海峡书局
地　　址：福州市鼓楼区五一北路 110 号海鑫大厦 7 楼
邮　　编：350001
印　　刷：北京方嘉彩色印刷有限责任公司
开　　本：889mm×1194mm　1/32
印　　张：11.25
字　　数：100 千字
版　　次：2015 年 10 月第 1 版
印　　次：2015 年 10 月第 1 次
书　　号：ISBN 978-7-5567-0109-4
定　　价：58.00 元